AF408679

CINCO
DE ENERO

JAVIER RUIZ FERNÁNDEZ

A Caos, *nuestro* perro.

«Los hombres han olvidado esta verdad —dijo el zorro—.
Pero tú no debes olvidarla. Eres responsable para siempre
de lo que has domesticado.»
El principito (Antoine de Saint-Exupéry, 1943)

«Un hombre cuenta sus historias tantas veces que, al final,
él mismo se convierte en esas historias.»
Big Fish (Tim Burton, 2004)

«¿Pa' qué voy a esperar a mañana? Si el futuro es hoy.»
Voy a... (ToteKing y Shotta, *Héroe*, 2012)

Índice

Ø
Ladrar al ruido y a la muerte

El perro observó la gigantesca bodega del barco sin saber qué era una bodega; a continuación, ladeó la cabeza a derecha e izquierda, mezclando miedo e incomprensión. Olía fuerte: a latas de aceite y a alquitrán, olía a cubierta manchada en negro, olía a sucio que nadie se esmeraba en limpiar. Alrededor, había cientos de coches aparcados.

Cada poco, alguien pasaba cerca suyo: señoras arrugadas que se escondían tras el maquillaje, camioneros que apretaban el paso fuera de su campo de visión, jóvenes que reían cómplices y algún niño o niña, que decía:

—¡Mira qué *perrazo* en ese coche, mamá!

Él sentía en los huesos la humedad de la primera noche. Esa noche que siempre llega más fría en la mar y que sus enamorados tan bien conocen; una humedad que, incluso en junio, se enganchaba a las extremidades del perro como una legión de garrapatas y embestía contra la columna, donde dolía ya por tanto tiempo que cualquier molestia resultaba fútil.

Si alguien se hubiera detenido a observar en el maletero, cosa que no ocurrió, hubiese comprobado que el perro se encontraba en una postura extraña: no quería tumbarse, pero tampoco podía mantenerse erguido; sin embargo, lo que nadie hubiera imaginado es que esto no era debido a la altura del portaequipajes, que era suficiente, sino a la fuerza cada vez menor de sus miembros, enfrascados en una batalla perdida de antemano; en un perenne medio incorporar hasta que sus patas le vencían, caía contra la felpa, descansaba por unos segundos, y volvía a adoptar aquella posición antinatural que atesoraba kilos de fortaleza.

El olor de Lena y Julio ya no era tan intenso: se habían desvanecido más allá del capó. Entre el vidriado al que le condenaban sus ojos, el mestizo de pastor alemán había visto a la pareja mirarle por unos segundos, y confundirse, de inmediato, entre decenas de olores y figuras que fueron emborronándose en la distancia. No ladró entonces, y tampoco lo había hecho en el tiempo que llevaba esperando en el maletero.

Desde el Ford, la noche se proyectaba en el iris opaco del perro. Él se obligaba a enfocar el espigón del puerto y más lejos aún, donde un faro trabajaba con mecánica regularidad: una vuelta, y otra vuelta, y otra más. Le gustaba observar todo aquello que se desvivía por demostrarle que no era su enemigo.

El foco de luz nunca se cansaba, no perdía fuelle, pero el perro sí; así que, mientras el ruido de los motores desperezaba al buque y los pasos se aceleraban en la cubierta, él se dejó caer contra la felpa una vez más, y ya descansó allí por un buen rato, incapaz de incorporarse de nuevo.

Jadeó.

Una pareja joven se asomó al maletero.

No era Julio; no era Lena.

—¡Oye! Aquí hay un pastor alemán. ¡Qué viejo!

—*Batuadell. Que tinc fam. Espavila, nina!*

Y fuera, lejos, quizá avisaron a un marino o dieron nota en el mostrador de información, o puede que corrieran directamente hacia el bar-restaurant y se olvidaran del perro poco después.

El perro olió por largo rato el humo de los coches, cientos de esencias que se perdían tras cruzarse contra su trufa y, luego, los motores del ferry empezaron a emitir un ruido atronador; Caos siguió mirando el faro, y, cuando ya nadie podía oírle, empezó a sollozar y a ladrar a los ruidos. El humo empezó a cubrirlo todo, y él comenzó a temblar, a solas, como siempre había vivido, mientras se sentía flotar, y caer, más y más hondo, y la luz del faro se perdía.

1
Érase una vez

Julio condujo a toda leche por la Ronda. Sonaba en la radio la canción esa del hawaiano gordo del ukelele. Tarareó algo inconexo que trataba de seguir el ritmo de la balada. Aparcó tarde y se arrastró por dentro del puerto de mercancías con la boca seca y pastosa y, en la napia, un olor a gasolina, queroseno y patatas fritas industriales al que resultaba imposible acostumbrarse. Todos sus días empezaban igual: como mucho, cambiaban de banda sonora y, a veces, ni eso.

Llegó al muelle del contradique con los guantes en las manos, el chaleco a medio poner y el casco apenas sujeto en la *almendra*. Llevaba más de tres años cargando cajas frente a esas aguas; esa mañana, que aún era noche, era su último día allí. El resto de la cuadrilla ya ocupaba sus puestos para la descarga de un buque chino. Julio se dispuso a trabajar, otra jornada más, esclavo de un sueldo, de unas obligaciones que no tenía muy claro cómo habían ido aumentando y aumentando: un alquiler, un frigorífico lleno, el seguro del coche. Pero eso le ocurría a todo dios, ¿no? ¿Por qué estaba tan cabreado entonces? ¿Por qué había tantas tardes, y tantas noches, en las que una cerveza se convertía en tres; una botella de vino en dos; un cubata en un perder la cuenta entre resacas?

—¡Hombre! Su majestad se ha dignado a venir a trabajar —exclamó Pérez, el capataz que dirigía al equipo entre semana.

El pelotón de estibadores se echó a reír. Entre las risas, Julio distinguió el estúpido cacareo del Gonzalo: menudo imbécil. Clavó los ojos en el *tipejo* ese (vaya careto de zarigüeya). En la dársena, los compañeros eran poco más que figuras a lo lejos: Marquitos ya había subido su panza hasta la grúa RMG, Antonio, el *Torete,* apilaba cajas con la carretilla elevadora Fiat (la de la mancha de diésel debajo del depósito). ¿Y Jorge? A saber qué estaba haciendo el Jorge con el bigote entre los contenedores de carga: fumaba, y asomaba unos ojos azules y despreocupados hacia la escena.

El retaco del Gonzalo se limitaba a acompañar al capataz con la lengua metida en su culo.

Lo de siempre.

—Se ha alargado la gripe —gruñó Julio.

Las olas rompían contra las rocas y la maquinaria de carga no conseguía silenciar por completo la fuerza del viento y del mar.

—Sí que te has puesto enfermo este año, ¿eh? Te faltarán vitaminas, *noi.*

Julio, ausente.

—¿Qué toca hoy, Pérez?

—La reunión es a las seis, *pelacanyes.* Tres años y todavía no te entra en la mollera, ¿eh? Si es que quien no da *pa* más, no da *pa* más.

Julio cerró los ojos.

El encargado siguió largando gilipolleces, pero él rebobinó la escena y se topó con un Pérez gritándole:

—¡Pues tu gripe aún atufa a ginebra! Qué curioso, ¿eh? A eso le olía el coño a tu madre el otro día.

Había un madero en el suelo, y Julio lo cogió. Uno de los cargueros chinos hizo sonar tres pitidos largos de cuerno para abandonar el puerto. El sonido de las olas rompiendo en las rocas se volvió insoportable. Julio descargó la tabla contra las costillas del capataz; este lanzó un grito lastimero y cayó al agua atestada de detritos y basura.

Julio suspiró.

Abrió los ojos: ahí seguía Pérez, rugiendo mierdas al extremo del espigón del puerto, con las greñas grasientas que se le pegan siempre contra la nariz, el mono azul lleno de mugre, los ojos verdes de réptil que lo escrutan todo.

Julio, inmóvil.

El puño temblando.

Pérez que calla entonces, calibrando las puyas con la experiencia de algún traspiés: un silencio de esos que juzgan y, a veces, duelen más que las palabras. Frente a frente, parece preparar su lengua viperina entre esos rasgos de comadreja de mierda, como quien afila un puñal ante su víctima.

Julio intentó volver a atrapar en su mente la imagen del capataz perdiéndose entre las aguas putrefactas del puerto: un Pérez vencido, con el torso ensangrentado, con cuatro o cinco costillas rotas y los pulmones doloridos luchando por una bocanada de aire; subiendo a duras penas por una de las escalerillas de metal oxidado sujetas a la escollera.

El espejismo se había desvanecido.

Pérez le palmeó el culo con mala hostia.

—A trabajar, chaval. Por la hora, tú hoy no te paras a desayunar hasta el mediodía. Así, de paso, *me* aprendes puntualidad.

Puto cuarentón con ínfulas.

Amanecía entonces, y a Julio le pareció que el sol salía por el este para tocarle los cojones.

Lena atendía por teléfono al supervisor regional de una compañía de seguros con la que trabajaba la correduría. ¿El nombre de la empresa?, lo había olvidado. El tío era un baboso, pero ella se conformaba con poner las palabras correctas donde el chaval la cagaba todo el tiempo. A Lena, no le encantaba su trabajo, pero le gustaba más que su vida.

A las dos se las había ingeniado para obligarse a comer rápido; después, algún curso: de cocina, de costura, de esgrima, como si es de canto gregoriano; para casa a media tarde, sacar a los perros un rato, cena, serie y a dormir: en piloto automático, pensando lo justo. Lo peor eran los fines de semana: tres de cada cuatro se convertían en discusiones; el otro, intentaba no pasarlo con Julio.

Esa última semana en Barcelona se preguntó cientos de veces si era buena idea mudarse juntos a Mallorca: entre ellos seguía algo vivo, algo por lo que creía que valía la pena luchar, pero ¡uf!

A media mañana, llamó Julio: estaban invitados a cenar en casa de unos amigos. Que si nos mudamos en un par de días. Que si habrá que despedirse de la gente. Que si hostias.

Por teléfono, ella:

—Vale, que tienes razón. Ya te he dicho que iremos.

—¿Paso después a buscarte por el despacho y subimos a casa? —Se oían gritos y sonido de maquinaria al otro lado de la línea.

Lena le puso alguna excusa que minutos después ya no recordaba, ir a pagar esto o a comprar aquello otro. En fin, que subiría en el tren.

—Saca a pasear a los perros.

Julio no dijo nada.

Antes de colgar, Lena miró la mesa de caoba repleta de expedientes; enfrente, tenía una caja con las cuatro cosas que se llevaba: su contrato, el documento de rescisión y dos fotografías en marcos de plata idénticos. Una con sus padres y otra con Julio, besándose: estaba convencida de que ya no tenía los ojos tan azules ni el pelo tan brillante como la chica de la foto. Quizá por ello, esta última cada día estaba un poco más lejos y amenazaba dos o tres veces al día con estamparse contra el suelo de linóleo azul del despacho.

A las doce, Julio no podía más. Se sentía morir de cansancio. El sudor le goteaba en la cara y en el mono azul, los ojos escocían. Por llegar tarde, el hijoputa de Pérez le había obligado a cargar con más y más cajas de sus compañeros bajo el sol. Todavía no había probado bocado y ya sentía la bilis en la garganta: recordó un relato de Bukowski que empezaba así, pero amontonando jamones en los camiones de un matadero.

Un grito, una caja; otro grito, otra caja.

Después, llegó un breve parón a la sombra; el bocadillo (a solas), un trago de agua, un cigarro, y vuelta. Si los compañeros se lo permitían, se abstraía: pensaba en otras cosas; no importaba demasiado en qué.

Esa mañana había estado dándole vueltas a la última discusión que había tenido con su mujer, y se había cabreado; lo imbécil que había sido irse a vivir fuera de la ciudad para terminar comiéndose dos atascos diarios, y más cabreo; ahora siempre estaba cabreado. Lena llorando, y gritando, y rompiendo contra el fregadero de la cocina las tazas que fueron su primer regalo de novios. En la cabeza, los consejos de su padre moribundo: ¡Estudia derecho, idiota! *¡Cagüendios!*, eso sí que lo había cabreado. Pero cabreado trabajaba mejor, más rápido, y pensaba menos en qué coño hacía ahí; licenciado con una doble titulación en letras, mintiendo sobre su currículo, cargando la mierda que miles de chinos traían de China y anhelando un único cigarrillo para calmar un dolor entre las costillas que, antes o después, le cobraría peaje.

A las seis, cuando acabó el turno, pensó en mandar a todos a tomar por culo, pero se despidió, sin más: suele pasar. Después, Julio subió al coche y se largó.

El Ford que su padre le había dejado en herencia descansaba en doble fila junto a la Renfe de Molins de Rei. Calle peatonal, edificios de dos o tres plantas y un bar Sport (de los miles que hay por España) que miraba hacia las escaleras de la estación.

Julio fumaba apoyado en el maletero plateado del vehículo: la vista perdida entre los letreros de los comercios. La calle desértica para la hora. Una estatua fea y abstracta de bronce presidía la plaza. Tres niños correteaban por el empedrado y una anciana, que le recordó a Paloma San Basilio, les perseguía para regañarles por jugar cerca de la carretera.

Lena apareció en la puerta de la terminal con un par de bolsas de El Corte Inglés. El pelo largo y rizado, de un rubio cenizo, y vestida de trabajo, con camisa color hueso y pantalones de pinza que dejaban ver sus tobillos: de esos pantalones por los que Julio creía que ambos compartían el odio.

Quizá no solo él había cambiado.

El beso de rigor, y al coche.

De camino a San Andrés de la Barca, donde vivían sus amigos, Julio pensó en cómo un beso podía describir su relación: cómoda, era la palabra que se le ocurría, y no le gustaba un pelo. ¿Dónde habían quedado los besos cómplices?, de afecto, de amigos, de deseo. Por relaciones anteriores, sabía que la pasión es solo una fase, que no es posible perderse en ella por mucho tiempo, pero ¡joder! y, envuelto en estos pensamientos, maniobró a lo largo de las curvas de la urbanización a la que se dirigían.

Aparcó en la calle y escuchó voces conocidas.

Todavía en el coche:

—¿Estás bien, Lena?

(¿Por qué diría eso?)

Lena respondió con una sonrisa que él advirtió fingida.

Podemos irnos, pensó, aunque no dijo nada.

Entraron, pero no voy a narrar esa parte de la noche. No vale la pena. Me limitaré a decirte que a Julio le pasó el tiempo volando y que Lena completó unas cuantas frases de su marido, rio, bebió, charló con unos y con otros. A veces, en público, ella casi parecía feliz; después, tras las cortinas, la sonrisa quebraba. La tristeza abisal que no siempre encontraba pretextos, y aquella que sí, la del idiota borracho que tenía a su lado, las promesas que se hunden, el bebé.

Abrazos y besos, despedidas, palabras al aire.

Que si ya vendréis a vernos.

Podéis venir alguna vez vosotros también, ¿eh?

Esas cosas.

Quizá la conversación en la calle se hubiera alargado un poco más si la noche no hubiera sido fría pese a la entrada del verano. En algún momento, Lena desapareció y acercó la berlina hasta allí. De pie, junto al coche, Julio agradeció el fin de algo en silencio. Los amigos delante: Pablo, con sus entradas cada vez más pronunciadas que la barba negra no podía disimular; Edu, quien seguía con la misma coleta rubia del bachillerato; Fran, con los ojos rojos de la hierba y la panza de siempre.

Ya no será lo mismo, pensó Julio, y sonrió bobo mientras los presentes se daban media vuelta y volvían a la vivienda. Recordó aquello que les contaban sobre Heráclito en la universidad, lo de que nunca te bañas dos veces en el mismo río, y también la paradoja de Teseo, que dice así: si a un objeto se le reemplazan todas sus partes, ¿sigue siendo el mismo objeto?

Subió al coche.

Cerró la puerta, pero la melancolía había sido más rápida.

Lena prendió la llave y el motor del coche despertó. El diésel de las arterias se inyectó en la cámara de combustión y se alejaron de la casa sin prisas. Julio se frotaba los ojos, cansado, borracho (aunque no mucho para las cuatro o cinco cervezas que se había bebido).

Había cierta inquietud flotando en el silencio, en la respiración de ambos, en la forma en la que sus ojos se rehuyeron por varios minutos. Terminó por explotar:

—Por un día podías haberte controlado: ya te he dicho que no me apetecía nada coger el coche —espetó ella, de improviso.

Julio dejó que los segundos escapasen: uno, dos, tres…

Lena resolló.

—Te lo he preguntado dos veces, tía. Cuando me cogía una cerveza al llegar y cuando Pablo me ha ofrecido otra al cabo de un buen rato.

—Ya te habías bebido dos más.

—Tampoco me has dejado ir a por el coche.

Ella no contestó. Si algo no hacía Julio era conducir borracho. La segunda o tercera birra habían sellado el cambio de papeles, como un acuerdo tácito en la pareja.

El coche serpenteaba por las calles de la urbanización, que se enroscaban, se abrían y cerraban emulando un laberinto de decadencia gris. Llegaron al pueblo de San Andrés.

Él:

—¿Autopista o secundaria?

Ella:

—Qué más da.

Y el Ford se perdió por la secundaria que se abría a la izquierda.

—Si quieres puedo conducir yo, de veras —añadió Julio.

—Déjalo.

—Lo estoy intentando, *peque* —murmuró.

El peque ya no sonaba como antes.

—Lo sé.

Julio se descubrió mirando a su pareja a escondidas: Lena achinaba la vista bajo sus gafas verdes de pasta y se mordía las cortísimas uñas de una de sus manos, algo que Julio sabía que detestaba que le recordasen.

No lo hizo.

Un rizo le caía a Lena entre los ojos, pero Julio ya no se atrevía a invadir esos espacios.

—Gracias por venir conmigo —dijo Julio, sonriendo.

Ella se encogió de hombros mientras tomaba otra curva con suavidad, y otra, y otra más. La secundaria se retorcía sobre sí misma para respetar el trazado original de la montaña. Los faros del vehículo iluminaban unos pocos metros, y el esqueleto de la vía no permitía grandes acelerones allí. Quizá por esto...

—¡Joder! —gritó Lena, de improviso.

2

La silueta del ayer

El coche frenó en seco y el cinturón restalló contra el tórax de Lena. De reojo, en lo que debió ser menos de un segundo, vio cómo su compañero cabeceaba con furia contra el salpicadero y, entonces, a ella el dolor se le enquistó en las cervicales. Se había golpeado contra el volante, pero ni un rasguño. La luna del vehículo se estaba empañando: se dio cuenta de que ambos hiperventilaban e intentó relajar su respiración.

Contó en silencio diez misisipis.

Después, deslizó la mano izquierda (que aún le temblaba) hacia la ventanilla y accionó el elevalunas para que entrase algo de aire del exterior. Delante, un perro cojeaba por el minúsculo arcén.

—No lo he visto —murmuró ella—. Estaba todo muy oscuro.

Lena sintió la mano de su chico en el hombro. Algunas lágrimas empezaron a conquistar la escena: miedo, nervios, lo que podía haber pasado, esas cosas. Ella abrió la puerta y bajó del coche intentando calmarse.

—No le has dado tú, Lena: es imposible. No se ha oído nada. Ese perro parece herido, pero ni le has rozado.

Julio salió del coche trastabillando: quizá era por las cervezas, quizá por el susto. Señalaba las marcas en el hormigón,

23

que confirmaron sus palabras: se veía con claridad cómo ella había corregido la dirección y frenado en seco invadiendo el carril contrario.

A escasos diez metros, la sombra del perro se alejaba; los faros del Ford proyectaban en el pavimento una lengua colgando entre sonoros jadeos, una cola entre las patas, un balanceo que parecía anticipar un batacazo.

—¿Se habrá perdido? —preguntó ella.

Julio negó con la cabeza, no debía saber qué responder.

Lena miró alrededor. A la izquierda había un muro de ladrillo encalado que debía ocultar una finca que no podían ver, y solo un farol de pared, encendido, que parecía parpadear a causa del revoloteo de las polillas que cubrían el haz de luz; bajo el alumbrado, la puerta metálica de un garaje era la única entrada visible. A la derecha, pinos, matas, bosque, el sonido de un riachuelo. Olía a lluvia: a petricor, al aroma de una primavera demasiado seca y un verano que recién empezaba pasado por agua.

—¿Vamos a ver si podemos alcanzarle? —preguntó él.

—Sí, corre, que no se vaya lejos.

Fueron tras el perro con intención de salvar la poca distancia que el animal había recorrido. Debido a las curvas de la carretera, los faros del coche iluminaban solo unos pocos metros del camino, así que Lena no tardó en verse envuelta por la semioscuridad. La ausencia de luz le ayudó a relacionar conceptos:

—Hostia, las luces de emergencia —exclamó ella.

—Voy yo. Asegúrate de acercarte poco a poco, ¿eh?

Aunque ella odiaba esa faceta de sabelotodo, admitió que tenía razón. Cualquier animal herido podía ser imprevisible. A diez o quince pasos de distancia, el perro caminaba muy lentamente, renqueaba intentando no apartarse del arcén. Parecía la silueta de un triste ayer.

—Hola, guapo —dijo Lena con un deje de pena en la voz—. ¿Te has perdido?

El animal se dio la vuelta, asustado: temblando, estaba mojado y cubierto de barro. Lena fijó la vista en la trufa: pese a la oscuridad, se veía roja, y olía a infección. El perro volvió a alejarse: lento, patizambo, cojo. Lena se puso a su altura; de cerca, comprobó que era un mestizo (del tamaño de un pastor alemán y de una apariencia similar) cuya vida casi se podía descifrar. Sus orejas: una en alto, la otra inflamada y arrugada sobre sí misma; su cuello: soportando una cadena metálica sujeta a un mosquetón oxidado, ¿y su color? Su gris, que más tarde descubrirían que no era más que pelo muerto, estaba infestado de garrapatas.

Julio se limitó a observar desde el maletero del coche mientras se colocaba un chaleco reflectante de poliéster; el perro se acercaba a Lena con timidez.

—¿Lo habrán atropellado? —preguntó él.

La gravedad del timbre fue suficiente para alejar al animal fuera de su campo de visión. Varios metros más allá, Lena levantó uno de los dedos de la mano hacia su boca y chistó.

—Calla, tiene mucho miedo —susurró, tajante.

Julio perdió de vista a su mujer tras la curva. Subió al coche, maniobró para dejar el vehículo en el carril derecho y aparcó en el arcén. Apagó el motor, pero dejó encendidas las luces de emergencia y se obligó a caminar despacio hacia donde Lena ahora estaba acuclillada, muy cerca del animal. Apenas había luz allí: solo uno de los focos del Ford y la luna en cuarto creciente alumbraban algo a su chica.

—¿Qué te ha pasado, guapo? —repetía Lena—. ¿Te han abandonado? ¿Estás perdido? Quién te ha hecho esto, ¿eh?

Llamaba al perro, se incorporaba y se alejaba un par de pasos hacia el coche. De algún modo, ese baile resultaba hipnótico a los ojos de Julio: movimientos que fluían con naturalidad, como si ella llevara toda la vida salvando perros en las cunetas. Esa noche, estaba preciosa.

Cuando Lena consiguió atraer al mestizo a la altura del foco lleno de polillas, se sentó a esperarle en el arcén con las piernas cruzadas sobre sí mismas. Tras ella, se escuchó un suspiro cómplice. Lena advirtió que su marido estaba detrás. Desde el suelo, pudo ver a Julio, embutido ahora en un chaleco reflectante que le quedaba pequeño. Vigilaba la curva donde había frenado. Por fin, el perro hizo ademán de acercarse. Lo hizo sin dejar de mirar a los lados, reculando una y otra vez, y así un buen rato más, hasta que topó con las suaves caricias de una mano amiga.

Bajo los escasos metros que iluminaba ese farol de carretera, Lena comprendió que esa bola de pelo que la observaba con timidez había descubierto algo desconocido en su mundo: la bondad.

Es curioso, la verdad, pero, por aquella carretera secundaria, no pasó ni un coche en todo ese tiempo. Como si ellos tres hubiesen caído en otra dimensión, o ese cachito de tierra y hormigón entre curva y curva se hubiese fragmentado de la realidad para ofrecer a ese perro malherido una segunda oportunidad.

Lena no dijo nada más; solo miró a los ojos de su marido y, de algún modo, se entendieron. Sentada en el arcén, y envuelta en un silencio que casi aplastaba la escena (solo el clic-clac de las luces de emergencia intentaba romper el embrujo y, a estas alturas, sus oídos ya se habían acostumbrado), ella gesticuló con sutileza hasta captar la atención de Julio.

Él se acercó muy despacio; el perro emitió un grito sordo, pero, esta vez, no reculó. Su marido parecía concentrado en cada uno de sus movimientos, ligeros como ella nunca había visto; acciones que no pretendían más que resultar inofensivas a ojos del animal: otra mano que se acerca, un nuevo olor, una caricia, una palabra… Y, en la relativa oscuridad de la calzada, los dos intentaron traducir y dar sentido a una historia que acompañaba al mestizo: los ojos, hinchados de terror al más leve movimiento, el cuerpo rígido, bloqueado ante cualquier palabra que sintiese amenazante, y la trufa sangrando, pringando las manos de Julio y de Lena entre caricia y caricia.

Quién sabe cuánto tiempo pasaron allí sentados los tres.

En algún momento, Lena cerró los ojos. Al abrirlos, vio cómo Julio había alzado al perro en brazos, que, inmóvil, con los ojos como platos, se dejaba llevar. Lena se incorporó y se apresuró a abrir una de las puertas traseras del vehículo y Julio dejó al perro en los asientos grises de paño de tela; se sentó a su lado. Ella también subió al coche y arrancó el motor mientras pisaba el embrague; sonrió, algo triste, algo feliz. Por el rabillo del ojo, vio en el retrovisor central del Ford cómo Julio mal disimulaba un lagrimeo. El coche empezó a avanzar por la oscura carretera.

—Tendrías que haberlo cogido con una cuerda, ¿eh? Cualquier animal con miedo es imprevisible —señaló Lena con sorna.

Julio le apartó la mirada fijando los ojos en la ventanilla, donde el bosque se alejaba de ellos tres. Ella condujo callada los escasos dos kilómetros hasta la puerta de su casa y, entonces, ya en la urbanización donde residían, le pareció flotar en un limbo que solo comprenderán aquellas personas a quienes la vida se les revolucionó en un segundo.

Lena aún recuerda que, esa noche, el cielo era naranja, pero no recuerda el tono ni el porqué; lo que ha grabado a fuego en su mente es cómo ellos dos bebían, en silencio, de una imagen que ya no han podido olvidar: un perro mil leches que empezaba a descubrir que el género humano no solo podía contemplarse con horror.

3

Venganzas por contrato

Lena aparcó el coche en la esquina de la calle, a unos cincuenta o sesenta metros de su casa. Se dio la vuelta e hizo una seña con la mano a su marido para que bajase. Julio, sentado junto al perro en los asientos traseros, abrió la puerta y bajó del Ford sin decir nada. El animal resolló incómodo, como si no entendiese qué hacía allí.

Desde fuera, Julio dijo algo, pero, con las ventanillas subidas, ella no pudo oírlo.

Lena accionó el botón del elevalunas eléctrico.

—¿Por qué has parado aquí? —repitió él.

—No quiero que nuestros perros escuchen el motor del coche y empiecen a ladrar.

—Ah, yo diría que aquí lo oyen igual.

Lena cambió de tema:

—Oye, ¿te hiciste daño antes? Se me había olvidado *«que te has dado»* un hostia contra el salpicadero, ¿no?

—Estoy bien, tengo la cabeza dura, ya lo sabes.

—¿Qué hacemos?, ¿vas a por un collar y una correa para el perro?

—Sí, en la habitación que usamos de vestidor hay algunas cosas que todavía no he empaquetado.

Julio se perdió calle abajo. A ambos lados, la mayoría de los jardines tenían cipreses recortados que no permitían miradas indiscretas. Lena observó cómo se alejaba su marido: caminaba estupendamente recto.

¿Cómo lo hacía para tomarse cinco cervezas y no ir haciendo eses?

Echó un vistazo al retrovisor central: a su espalda, el perro se relamía la trufa; mientras, el tapizado de los asientos seguía manchándose de barro y sangre.

—Ahora vamos un rato al parque, chico.

Julio nunca había tardado tanto en beberse una lata de *Estrella Damm*. Sentados en un banco del parque, sus ojos se perdían en el naranja del cielo nocturno. El coche seguía en la esquina de la calle, ahora oculto por las encinas y los pinos que alguien había respetado al urbanizar aquel pipicán que, una vez, fue bosque.

La adrenalina del momento se había desvanecido y todo seguía igual: estaba claro que lo del perro había sido un paréntesis, pero sus problemas no iban a desaparecer por un encuentro fortuito en la carretera.

Media hora antes, quizá ya hacía tres cuartos, Julio volvió con un collar, una correa de nailon de color rojo y dos cervezas. Armándose de paciencia, Lena había conseguido quitarle al perro la cadena metálica y el mosquetón (que fueron a parar al fondo de una papelera) y colocarle en el cuello un collar y una correa. Como respuesta, el perro se había tirado contra el suelo a mordisquear un palo y se negaba a hacerles el más mínimo caso.

—¿Qué hacemos? —Julio dio un largo trago a su cerveza.

Lena le miró sin decir nada, tenía los ojos rojos del cansancio; se los frotó y dejó caer la cabeza contra sus piernas. A Julio ese gesto le trasladó varias semanas atrás, a casa:

—¿Por qué no me lo dijiste? —preguntó él.

Lena estaba sentada en el sofá de lino rojo del salón, que parecía esforzarse por combinar con los típicos muebles supervivientes de los saldos de Ikea: una mesa de comedor EKEDALEN color caoba y un mueble de TV BESTÅ blanco (lo querían en marrón, pero nunca lo encontraron de oferta) que, a duras penas, resistía el peso del televisor. ¿Las sillas? Debían estar, pero ahora Julio no las recordaba.

—No quería preocuparte con la intervención.

Ella seguía llorando, lloraba desde hacía horas, y él hacía rato que sabía que no tenía palabras para detener aquello.

Diagnóstico médico: endometriosis.

Nadie les había podido aclarar si la relación era directa o no.

—Lo siento mucho, peque.

—No saben si podré tener hijos.

—¿Por qué no me has dejado...? —Julio cortó la pregunta en seco—. Me hubiera gustado estar contigo, nena. No sé qué más decirte.

—Lo superaremos juntos —contestó ella, sin seguridad.

Julio se había incorporado del banco. Dejó la lata de cerveza a los pies y caminó distraído bajo los círculos de luz artificial que las farolas proyectaban en la tierra.

El silencio era casi total.

De vez en cuando, un coche se perdía por alguna calle cercana, siempre traicionado por el sonido del motor que se aleja. Julio se acercó al perro con sumo cuidado y se sentó muy cerca de este: la correa se tensó en las manos de Lena un poco y el mestizo lloriqueó al ver que no podía coger distancia.

Lena, con el teléfono móvil en la mano:

—La policía local dice que podemos llevarlo y dejarlo allí hasta que comprueben si tiene chip —informó, dubitativa.

—No va a tener.

Ella se encogió de hombros.

—Habrá que llevarlo a la perrera, supongo —expresó sin convencimiento.

El perro empezó a dar vueltas alrededor de la pareja, ahora parecía nervioso.

—Sea como sea, hoy no vamos a llevarlo a ningún sitio, ¿no te parece? Y menos de madrugada. ¿Vamos a casa y vemos qué tal se entiende con Dana y Argos? —Julio buscó alguna señal con la que reafirmar su postura.

—Si no se llevan bien, los separamos.

—Claro.

Lena asintió con una sonrisa cansada.

—Vamos, va, pero con calma, que a este no le veo muy convencido, ¿eh? —dijo ella.

Lena agarró la correa y, poco a poco, consiguió que el perro la siguiese hasta la entrada del pipicán.

—Llévale tú, parece que yo no le caigo muy bien todavía.

—¿Por qué tienes tanto miedo, colega? —le preguntó Julio entre susurros.

El mestizo volvió a espatarrarse contra el suelo y le miró de reojo.

—Mierda. Contigo estamos perdidos —sentenció Julio.

Tras comprobar el paso al que avanzaba aquel perro, Julio se apresuró a alcanzar la entrada de su vivienda en el número diez. Abrió la pequeña puerta negra de jardín y bajó por la estrechísima escalera de piedra que salvaba el desnivel entre la calle y la casa unifamiliar. A su izquierda, la gran rampa de hormigón para aparcar el coche en el garaje (nunca la habían usado y, al final, cubrieron la reja con brezo); a la derecha, un jardín de antiguos bancales que ya solo era tierra, desmoronándose.

Julio arrastró los pies hasta la puerta principal y acarició el blanco descascarillado de la fachada antes de pasar la llave y dejar salir a los perros escopetados al jardín. El jardín, en gran parte embaldosado, mantenía aún parte de su esencia, con la fuente de piedra y la estatua del angelito meón que ya no meaba, la hiedra (descontrolada desde hacía mucho), los bulbos de tulipán que brotaban en primavera, las sillas y la mesa de aluminio para tomar algo después de cenar. Chivatazos que señalaban que había sido una casa familiar, y no el alquiler al mejor postor para pagarle a alguna vieja los cuidados en la residencia.

Argos y Dana se limitaron a olisquearle con curiosidad el tejano y las manos.

Julio entró al salón dejando que los perros se pegasen unas carreras nocturnas alrededor de la casa. Prendió el interruptor de la luz y fue directo a la cocina. Toda la casa estaba ya vacía de muebles, repleta de cajas, y prefirió no pensar en ello, otra vez. Agarró el pienso y dos boles metálicos que había encima de la nevera y salió fuera. En ese instante, los dos perros remontaron la escalera hasta la calle, donde Lena apareció junto al mestizo.

Dana y Argos habían crecido juntos. Rescatados de dos mundos muy distintos que se unían bajo un mismo yugo: las granjas de cachorros y el abandono. Dana era una perra pastor que había vivido en un cubículo encerrada durante meses; de ahí el nombre, decía Julio, el mismo castigo que el rey de Argos, Acrisio, había infringido contra su hija: el encierro: qué pedante, ¿eh? Argos era un mestizo de mastín que había sido abandonado en el bosque con pocas semanas de vida.

De Argos había muchos en la mitología, pero la elección de Lena se basó en la fidelidad del perro de Ulises, que lo esperó veinte años: el nombre no podía pegarle más. Ambos crecieron inseparables, y cualquiera que observara la relación forjada entre los dos animales comprendía que uno no entendía la vida sin el otro. Así que cuando Dana gruñó, olisqueó y aceptó que aquel perro viejo y sucio cruzase la puerta del jardín, Argos también olisqueó y aceptó (aunque él no gruñó).

Lena bajó con el mestizo las escaleras a cámara lenta y, después, con sumo cuidado, intentó que el perro entrase en la casa, pero no lo consiguió: el animal reculó una decena de veces y, por si su postura no había quedado clara, se tumbó en el suelo. Mientras tanto, Argos y Dana cenaron dentro y... ¿estaba saliendo el sol?

Julio miró la hora en su reloj: las seis y cuarto.

Se dio cuenta de que el perro le observaba aburrido, tumbado en el césped: jadeaba rápido y cabeceaba.

Lena intentó darle algo de pienso, pero el bicho no quiso probar bocado.

Su mujer volvió a entrar en casa.

—Quizá se llamaba Chronos, porque parece que tenga todos los años —expuso Lena desde el salón.

Julio sintió un hormigueo en la piel; lo achacó a un día extraño, a un cúmulo de mala suerte, o quizá a unas palabras cómplices de su mujer.

Lena salió por la puerta con un vaso de agua en una de las manos y agregó, riendo:

—¡O Caos! ¡Caos! Como la noche que nos ha dado el amigo.

—¿Caos? —preguntó Julio, con la mirada perdida en el ciprés que cobijaba al perro—. Es un nombre feísimo, Lena.

—Pues Odín. O Thor.

Él suspiró.

—Tú y la mitología. De Odín o Thor, como mucho, tiene los años.

—A mí me gusta Caos —dijo Lena.

—Pues le llamaremos Caos.

—¿Le llamaremos?

—Mientras esté con nosotros, me refiero.

—Ah. Claro.

Lena intentó, de nuevo, que Caos entrase en la casa y durmiese dentro, con todos. Lo intentó durante tres cigarros consecutivos, pero no lo consiguió. Al terminar el tercero, un pinchazo en el costado (a veces pasaba) y a Julio le volvió de golpe el mal humor.

En silencio, se fue al garaje que los caseros se habían emperrado en mantener como su trastero particular e inició su pequeña venganza. Apartó cajas llenas de fotografías insulsas, muebles viejos combados por el tiempo y la humedad (seguramente olvidados por los dueños), y un par de alfombras persas sobre las que le habían advertido:

—Como venga yo aquí y vea algo fuera de su sitio, rompo el contrato y a la puta calle —decía ella, una vieja gorda con cara de simio.

—¿Garaje? Querrá decir su trastero particular —había gruñido Julio sin energía.

—Mi marido quiere decir que se supone que ustedes nos alquilan toda la vivienda —trató de explicar Lena en su momento, fingiendo una sonrisa.

—Pues o lo tomáis o lo dejáis, que no nos falta gente que quiera alquilar esta casa, ¡y parejas sin chuchos! —contestó él: calvo, contrahecho y cabrón.

Rompo el contrato y a la puta calle, murmuraba Julio, cabreado con su propia imbecilidad. Cogió dos alfombras persas enfundadas en plástico y las estiró en el suelo del garaje.

—A la puta calle, eh. Os van a dar mucho por culo —espetó, con los caseros en mente.

Advirtió que Lena le miraba desde la puerta.

—¿Por qué no lo dejas estar? Vete a dormir un rato, y olvídate. Llevabas un año con todo esto aquí, no va de veinticuatro horas.

Quiso decirle que ahí tenía razón. Que no iba de veinticuatro, iba de un año entero, de todo el tiempo que habían estado ahí aguantando a los imbéciles de los caseros, y sumando más y más desastres a su relación ya desastrosa en sí misma. Quiso decirle que no se le ocurría cómo digerir todo lo que estaba ocurriendo, hoy, la semana pasada, ese año, con ellos. Pero no lo dijo, se limitó a señalar a Caos, que bebía agua de un barreño que siempre dejaban junto al porche. Después, quizá porque Julio no le dio alternativa, el perro se dejó conducir, correa en mano, hasta el garaje.

—Déjame en paz, Lena. Voy a dormir un rato aquí con este.

Allí, Caos se tumbó entre el suelo y la alfombra. Julio lo recordaba bien. Primero, pensó: qué imbécil, el perro; luego creyó entender que ese animal no estaba acostumbrado a las facilidades.

—Vete a la mierda —se despidió Lena, de improviso.

A él no le extrañó. No le extrañó porque lo merecía; no le extrañó porque eran muchas las noches y los días que terminaban y comenzaban así.

4

Dos culos sobre una alfombra persa

Lena entró en la casa y pegó un portazo. El marco lacado en blanco y las paredes crema temblaron en la oscuridad. Vio cómo Dana, tumbada frente a la puerta, solo abría un ojo, acostumbrada a sus discusiones.

Prendió el interruptor de la luz: el comedor vacío de muebles, repleto de trastos en cajas.

Argos roncaba en la cama para perros donde había estado el sofá.

Lena les dejó allí.

Se fue a la cama y se tumbó de inmediato.

¿Puedo dormir?

Parecía pedirse permiso a sí misma.

Qué coño voy a poder dormir ahora, si ese se empeña en ponerme de los nervios a cada momento.

Un minuto encima de la colcha. Ni abrir las sábanas ni hostias, ¿para qué? Para dar vueltas y vueltas y no descansar ni un par de horas, que eres una imbécil y terminas haciendo siempre lo que él quiere, ¡y mira!

Empezó a pensar en los perros y en Caos; se relajó un poco. Por unos minutos, perdió el mundo de vista, pero no pudo escapar de las palpitaciones y el bombeo disonante de su corazón.

Que no, que no puedo.

Distinguió a contraluz el contorno de la habitación en semioscuridad: solo quedaba la cama, que mañana venía a buscarla un amigo por ciento y pico euros.

Subió un poco la persiana y fuera ya había luz, luz.

—Pues me voy a preguntar a la local —se dijo, quizá para convencerse de que podía hacer algo útil.

Rehízo sus pasos hasta la cocina y se bebió una Coca-Cola. Al girar el pomo de la puerta blanca que daba al jardín, se había despejado. El latido le iba rápido, pero no como antes, y ya no estaba tan cabreada como creía.

Volvió a la habitación, cogió una manta; salió. Caminó deprisa hasta el garaje: ahí estaban esos dos. Julio cabeceaba con los brazos en cruz; el perro dormía agotado sobre el extremo de una de las alfombras. Lena imaginó que su marido no se había quedado quieto hasta que Caos había puesto el culo en la alfombra persa con motivos geométricos en rojo y azul: ahí había una doble batalla perdida que él se empeñaba en lidiar.

—Verás tú el gilipollas mañana, lleno de pulgas y garrapatas —criticó Lena en alto, sin reparar en que ella también quería que el perro durmiese en casa, con todos.

Se agachó. Por primera vez en meses se fijó, de verdad, en su marido: el pelo blanco, encanecido de la noche a la mañana, como el padre de Laura Palmer. La barba igual, y esas ojeras que no se quitaba ni a tiros. Se descubrió apartándole un mechón de pelo de la cara.

¡Qué haces! A ver si le vas a despertar y la tenemos.

Tiró el cuerpo hacia atrás.

—Te has hinchado, nene —dijo—. Si eres el doble que cuando nos conocimos en la facultad. De tanto levantar cajas y tan poco usar el seso.

Rio, mala.

—¿Ves? Si siempre fuese así de fácil hablar contigo, quizá hasta solucionábamos nuestros problemas. Que ya digo nuestros, que no solo eres tú, pero es que has cambiado un huevo, joder. ¿Dónde coño está aquel chaval que siempre reía?, que estaba de buen humor, y no todo el día pensando en la poca pasta que hay en la cuenta corriente.

Silencio.

—Que te importó una mierda cómo me sentía yo. Muy ocupado estabas, pensando en ti. ¿Te planteas siquiera por qué no pude decirte que estaba embarazada?, ni lo otro: cuando la perdimos. Tú con tus neuras. Qué futuro nos espera a ti y a mí con niña o sin niña, ¿eh?

Lena salió del garaje.

—Cómo me engañaste, cabrón.

Volvió a entrar. Le tiró la manta por encima y se limpió una lágrima rebelde.

—Tienes trabajo. Así que espabila.

Julio respiraba, ausente.

5

El fruto del níspero

Dana lamió compulsivamente la cara de Julio, inconsciente, y siguió, y siguió hasta que le rescató de un sueño poco reparador sobre la alfombra. Julio abrió los ojos, que le picaban, y apartó a Dana con una mano antes de incorporarse.

—¿Y el otro dónde está?

La perra giró el cuello hacia un lado, después hacia el otro, y cogió con la boca una pelota de tenis que tenía entre las patas; a continuación, salió corriendo por el jardín.

Julio entró en la casa, fue al baño. Allí se lavó bien la cara y se miró en el espejo. Se sentía cansado, aunque no más que el resto de las mañanas de su mundo: madruga, carga cajas, duerme y vuelve a madrugar. Se secó la cara con una toalla: ¿qué iba a hacer sin las cajas que le mandaban de China para cargar?

Negó con la cabeza y se acercó hasta la habitación de matrimonio.

La cama estaba hecha. Miró el despertador de la mesita de noche: eran las once y cuatro minutos.

Atravesó el pasillo que conectaba el baño y las tres habitaciones con el salón-comedor y la cocina: la casa estaba vacía, apenas quedaban cuatro trastos fuera de las cajas del comedor. Preparó la cafetera y encendió un fogón con un encendedor que le esperaba en la repisa.

41

Se le vino a la cabeza el domingo. ¿Era siquiera consciente de todo lo que iba a cambiar su vida? ¿Eso debía ser lo que llaman fecha límite, ¿no? (En inglés, tiene más sentido: *deadline*.) Y, sobre todo, ¿cuándo sembraron el germen de todos estos cambios?

Creía saberlo.

Durante su último septiembre:

—No me gusta mi trabajo —lamentaba Lena—. Ni esta ciudad. El estrés, ir siempre sin dinero, las prisas.

Julio se recordaba frente a ella, sentado en un portal de la avenida Vallcarca: pocos árboles, mucho gris, niños que corrían en pantalón corto o comían sus bocadillos envueltos en papel de plata a las cinco de la tarde. Lena vestía un chubasquero rosa del Decathlon: se acordaba bien de eso, porque no dejaba de rascar la tela y de preguntarle si debía ser poliéster.

—Solo hace tres o cuatro meses que nos hemos mudado fuera de la ciudad: será la falta de costumbre —debió decir.

—Siempre te empeñas en decirme qué debo sentir.

Después el aborto, el trabajo, ellos; demasiadas cosas, suponía Julio. Él cada vez más arisco; sin dejar pasar ni una. Ella cada vez más lejos. Aquello era una balsa partida en dos; tiraban para recomponerla, pero quién sabe si no estaban a punto de hundirse.

El café hervía; apagó el fogón. Se sirvió una taza y, de inmediato, supo que no se la terminaría.

Qué más da. No voy a empaquetar el café a Mallorca, pensó.

Sabía amargo, a juego con su humor.

Salió al jardín. Ahí estaba Argos con el perro recién llegado, analizando cada pequeño gesto del otro: cada paso quebrado, cada mirada de fingida autosuficiencia, cada intento de juego fallido, sin fuerzas.

Cuando Argos vio a Julio, viró el lomo y corrió a saludarle entre cabeceos; él lo palmeó, sin sutilezas.

—Qué pasa chico, compórtate, ¿eh? Ni se te ocurra desmontar a nuestro invitado.

Argos ladró, y volvió a la posición donde se encontraba Caos, intentando iniciar, de nuevo, algún tipo de juego.

Julio se fue hacia al garaje. Allí, empezó a rebuscar entre cajas de cartón que se amontonaban en el tercio libre que habían podido aprovechar.

¿El resto de la habitación? Repleta de trastos ajenos.

Tras un buen rato, por fin encontró la caja donde él mismo había escrito con rotulador negro: «*COSAS PERROS*». Levantó el precinto; empezó a sacar de ahí varias correas de nailon, viejos collares en buen estado, cepillos de púas, champús, espráis.

Volvió junto a Caos, ahora tumbado en el césped: Argos se había aburrido y ahora estaba ladrándole a un níspero al que tenía tirria.

Julio dejó los productos que había recopilado cerca —espray antipulgas, jabón, un barreño para el agua— y entró en la casa a por la toalla de baño con la que se había aseado minutos antes.

Entre las idas y venidas, pensó en el árbol de los nísperos y en Argos: enemistad (absurda) que había forjado la gula: el perro se había acostumbrado a zarandear el árbol para tirar los nísperos maduros; de vez en cuando, algún níspero de los que caían aterrizaba contra la cabeza del perro y esto había creado esa curiosa relación de amor-odio. El perro seguía haciéndolo, claro, porque le gustaban los nísperos, pero ahora, para colmo, ladraba al árbol mientras lo hacía. Julio le riñó varias veces, pero Argos se limitó a mover la cola y a envalentonarse más y más, así que desistió de hacer entender al mastín lo que quería.

Volvió con Caos y le acarició el hocico herido; la trufa se veía en carne viva, un revoltijo de sangre coagulada que no parecía tener fuerzas para cicatrizar bien. El perro rehuyó su mirada. Temblaba.

—Verás, a mí tampoco me gusta mucho el agua fría, pero es que no podemos ir así por el mundo, ¿sabes?

Lo bañó una vez, el agua negra. Cambió el agua. Empezó frotándole champú por todo el cuerpo: podía palpar las garrapatas hinchadas que invadían el lomo, la grupa e incluso las orejas. Volvió a cambiar el agua. Lo aclaró varias veces: se había ido el gris y aparecían los colores de un viejo pastor alemán.

Durante dos largas horas, Julio extrajo parásitos con la ayuda de media botella de aceite y unas pinzas; después, lo volvió a bañar. Mientras vaciaba un segundo bote de espray antipulgas en Caos, Lena abrió la puerta negra del jardín y bajó las escaleras.

—Lo has bañado —dijo, señalando lo obvio.

Julio asintió.

—He llamado a la policía: me han dicho que nos acerquemos a la perrera de Barcelona y se lo expliquemos —añadió ella.

—OK.

Lena caminó hasta el porche de la casa; abrió la puerta y dejó las llaves colgando de la cerradura.

—¿Quieres salir a pasear con ellos antes de bajar a la perrera?

De espaldas, ella se encogió de hombros.

6

Me da asco follar contigo

Lena entró en la casa a coger algo de ropa entre los bultos que había que cargar en el coche. En el comedor, agarró un top amarillo y unos tejanos de la maleta negra que había encima de varias cajas con precinto y se lo llevó al baño. Escuchó el chasquido metálico de una lata y arrugó el morro frente al espejo.

—Ni se te ocurra ponerte a beber, ¡después vas a conducir tú! —gritó.

Escuchó un suspiro cerca.

—Es una lata que quedaba en la nevera —protestó Julio desde el pasillo.

—Podía haberse quedado ahí.

Se acarició la barbilla. Se peinó con una de las manos frente a su reflejo: ya lo habían empaquetado todo, excepto cuatro cosas. Se desnudó en la intimidad. Fuera la camisa, los pantalones de pinza, la chaqueta ejecutiva (hacía frío a primera hora). Asomó la cabeza por la puerta del baño. Julio estaba sentado en el suelo del pasillo, bebía una cerveza; Dana lo miraba, ensimismada, como si su marido estuviese realizando una operación a vida o muerte: así son los perros.

—Oye, búscame unas bragas y un sujetador en la maleta negra del comedor.

Julio se incorporó, apático. La lata en el suelo, la perra siempre detrás, persiguiendo su sombra.

—¿Vale un tanga? ¿O bragas?

—Lo que sea.

Le llevó unas bragas blancas y un sujetador color crema sin aros. Abrió la puerta y alargó la mano, desnuda. Julio bajó la vista y le alcanzó la ropa interior.

«Gilipollas», pensó Lena, porque le hizo sentir incómoda.

Cerró la puerta. Se tocó las tetas y se acarició las piernas de abajo arriba, herida en su orgullo. Sabía perfectamente a qué venía todo eso: a Julio las cosas se le enquistaban en el cerebro. Semanas antes, follando sin ganas, sudando a medianoche, de repente se hartó del movimiento mecánico del sexo de su marido entrando y saliendo de ella. Aunque intentó ignorar esa sensación por varios minutos (de espaldas a su amante: vulnerable), no pudo más que terminar por centrar su atención en las acometidas, que iban y volvían junto a las malas contestaciones, la falta de deseo, el rumor animal. Se sintió repleta de todo lo malo que su pareja tenía, que le hacía sentir y, justo tras el clímax, dijo:

—Me da asco follar contigo.

Ahora, frente al espejo, recordaba el frío en su espalda. El silencio. La desconexión total de dos cuerpos inermes y aquella afonía que reinó en el cuarto hasta la mañana siguiente. Cuando ella despertó, Julio se había ido a trabajar.

Lena salió del baño y le robó la cerveza de las manos. Dejó la lata en la encimera de granito negro de la cocina; tras ella, su marido se había incorporado y la perra se sacudía.

—Vamos a la calle, va —dijo ella.

Salieron a pasear con los perros por la urbanización.

Julio llevaba las correas en la mano: dejaba que Argos y Dana corrieran sueltos siempre que no se acercasen a molestar a los perros de las fincas cercanas. Continuos ¡eh! y ¡aquí! que ella no soportaba. Caos intentó acelerar el paso en dirección a la carrera de los otros dos perros —calle arriba, calle abajo—, pero iba lento, muy lento, con una cojera que advirtió a Lena de que volver a la calle no había sido una gran idea.

Cuanto más le observaba moverse, más extraña le parecía la forma en la que andaba. La comparación más cercana que se le ocurría era la de un click de Playmobil: ortopédico, entumecido, desgastado.

—Es difícil describir cómo se mueve, ¿verdad? —había dicho Julio durante el paseo. —Imagino que él quiere moverse de una forma y el cuerpo le responde de otra.

Al final, Lena volvió a casa un buen rato antes que su marido, y aprovechó para desayunar bollos y café que habían dejado en la cocina. Cuando terminó, recogió las sábanas y las mantas de la cama y aprovechó la bajera para tapar los asientos traseros del Ford, que ya se habían llenado de pelo y de barro la noche anterior.

—Qué desastre —murmuró, cerrando la puerta del coche—.

Volvía Dana a toda velocidad por la calle, suelta: la mandó para casa, y esta desobedeció tras un silbido a lo lejos.

Apareció Julio, junto a Argos, resollando ambos.

—Hay que avisar a Paco, que vengan a buscar la cama a media tarde, así nos vamos ya a la perrera.

Circunspecto, indescifrable, su marido se perdió con los perros escalera abajo. A Lena le sorprendió que ni echase una ojeada al Ford, con lo impoluto que se empeñaba en mantenerlo, con esa relación de amor-odio que ella sabía que lo ligaba al mismo.

7

El perro que no fue

Era la época del fin de los yonquis de los ochenta: entonces, ya no había tantas jeringas de jaco por la calle, ni heroinómanos. Quedaban supervivientes de periferia, madres rotas, colegas para los que un canuto seguía siendo un canuto, pero no el primer paso. Eso quedaba. Debía ser el noventa y dos, donde muchas de las promesas olímpicas a la ciudad todavía tenían que materializarse.

Aquel era el principio del fin, de la Barcelona de verdad, de la Barcelona de barrios, y distritos, y pueblos con identidad propia. Aquello era antes de las multinacionales, del todo igual, del sin esencia, del gris, del todo tiempo pasado fue mejor, pero, esta vez, en serio; del campo de fútbol de tierra para los chavales y los partidos de domingo entre vecinos, del cabrero y las cabras entre edificios; de los huecos y los campos que solo eran huecos y campos (y no bases para bloques de hormigón). Y en alguno de esos huecos y esos campos fue donde Julio y su padre encontraron a un perro.

Era una bola de pelo marrón, o así lo recordaba él; quizá negra. Su mirada era en marrón y, esclavo de la mala memoria, no lo invocaba sucio, aunque seguro que lo estuvo. Julio todavía recuerda que le dio todo el jamón serrano de su bocata, cómo se persiguieron el uno al otro, lo pequeñito que era. Recuerda que se parecía a un «*gremlin*» en guapo, y, sobre todo, cuánto jugó con aquel perro esa tarde. Debió jugar tanto, debió mirar tanto, debió contagiar tanto, o tanta felicidad, que no pudo más que convencer a su viejo, que, entonces, solo debía tener diez o quince años más que él ahora. Debió decir: ¿puedo?; debió encogerse de hombros su padre. Así que fueron hacia casa y, ante una incógnita delante, él y su padre cruzaron el barrio hacia los pisos naranjas donde vivían, dejando atrás el campo de fútbol y, a la derecha, tres o cuatro edificios, uno de ellos famoso, el de la fachada con los lavaderos en verde oliva (qué feos, ¡joder!), por un hombre que se suicidó tirándose del treceavo. ¿Más allá? Nada. Campo, y campo, ¡ah, bueno!, y su colegio, el Pau Casals, que por la pintada de la entrada era un violinista muy famoso del que, en el barrio, nadie, o casi nadie, había oído hablar nunca.

Al llegar a casa, un desvelo tras otro; sus padres, en la cocina, y él por ahí con el perro, marrón o negro, pero con la mirada en marrón, eso seguro, y él, Julio, que sabía que eso no era buena señal, que su madre no iba a querer, así que diría que ni lloró ni se entristeció mucho antes de cenar (verdura, encima), sino después, mucho después, cuando creyó comprender dónde había ido ese perro, que no había ido con su familia, ni a una granja, porque no tenía familia, ni la pudo tener, ni había ya granjas, porque se las habían cargado todas para construir pisos que, a su vez, construían infelices que se tiraban de un treceavo.

Luego lloró, lloró mucho, y se le incrustó algo en el pecho por siempre. Su hermano, Carlos, le miraba: chiquitajo aún, rubio, con cara de pillo. Nadie le entendió. Él no le dijo nada a su padre. Su padre no le dijo nada a él.

¡Qué felices habrían sido ambos con aquel perro!

Frente a la casa de Corbera del Llobregat, Julio clavó una mirada melancólica en la perra nórdica de los vecinos, que aullaba desde la terraza con el hocico mirando al cielo. A continuación, subió a Caos a los asientos traseros del Ford Mondeo, protegidos con una sábana y, con una afirmación que más bien parecía una pregunta, dijo:

—Bueno, pues vamos a Barcelona.

Lena asintió, en silencio.

Todo el camino hasta la entrada de la perrera municipal lo hicieron igual; solo en un instante, mientras Julio desaceleraba en la B-23 para desviarse hacia la Ronda de Dalt, su mujer mencionó lo siguiente:

—He llamado antes para ver a qué hora cerraban. Me han dicho que a las tres y que podemos hablar con una tal Arantxa.

Julio, mudo.

Aparcó al final de la misma calle que subía a las instalaciones de la perrera: el Guarda Anton, o algo así. Una calle empinada y mal asfaltada cerca de la estación del *Tramvia Blau* y el funicular que va al Tibidabo. Las montañas de Collserola se extendían detrás y el ajetreo de la Carretera de les Aigües —con los mil y un ciclistas y senderistas que se amontonan durante el fin de semana— no conseguía silenciar del todo el alboroto que ya se escuchaba desde las puertas de la perrera.

El edificio era grande, parapetado por la propia montaña, con hectáreas y hectáreas de caminos de los que aquellos perros solo debían conocer una milésima parte, y suerte. Al imaginar un número, Julio tuvo la certeza de que allí siempre faltaba espacio y manos amigas. Eran pajas mentales, claro, porque no había aparcamiento al uso (los coches esperaban en el arcén de tierra o calle abajo) y resultaba difícil saber cuánta gente debía rondar por ahí. Eso sí, muy pocos coches pese al sábado y, sobre todo, pocos voluntarios entrando y saliendo del edificio.

Unas voces femeninas subían quejándose por el camino, disgustadas:

—Hoy lo que se pueda; mañana salen a pasear la mayoría, pero hoy los que puedan.

—Están los que no salen nunca, o casi, por una u otra cosa —se quejaba la otra voz.

Julio se dio media vuelta. Una de las chicas tendría unos veintitantos, pelirroja, con coleta y pecas, vestía un mono azul de trabajo; la otra de unos cincuenta, morena, pelo corto y ojos azules que sorprendían.

—¿Venís a pasear perros? —preguntó la más joven.

Lena negó.

—Hoy no —contestó Julio al paso de ambas.

La morena echó una ojeada al coche y clavó su mirada en Caos. A Julio le pareció que aquella mirada mudaba en una silenciosa indignación. Se escaparon entre murmullos inaudibles, maldiciones y, cuando sonó el zumbido eléctrico que desbloqueaba la puerta de la perrera, creyó oír como se cagaban en los muertos de alguien.

¿A quién iba a culpar? La gente se quema rápido en estos sitios.

Julio se apoyó en uno de los asientos traseros del coche, con la puerta abierta; Caos no hizo ademán alguno de bajarse del coche.

Lena no dijo nada.

—No podemos adoptar a otro perro. —Volvió a sonar a pregunta.

Lena miró a su marido.

—Tres perros y no tenemos pasta para alimentar ni a dos. Imagínate —bufó ella, sarcástica.

Y Julio imaginó, pero otra cosa. Imaginó al mestizo, renqueante, entrando en la perrera sin poder llegar a su chenil. Nadie iba a dar un duro por él. Entraría, y saldría con una inyección; por la tarde, lo quemarían; o lo congelarían hasta el lunes en uno de esos frigoríficos que hay para cadáveres. Si era mucho lío, quizá lo mantuviesen en la jaula hasta chutarle el pentobarbital entre semana.

Se descubrió acariciándole el hocico a Caos. De algún modo, el perro consiguió apartar a Julio y bajar del vehículo, trastabillando; Lena se apresuró a coger la correa, como si el animal pudiese escapar corriendo.

Quizá la perrera decidiese no sacrificar a Caos. En esa época, ya se había aplicado la ley de sacrificio cero. Entonces, quedaría en un chenil, esperando a una familia que desease ofrecer a un perro anciano un final digno; quizá despertase simpatías, pero la mayoría se echarían atrás: apenas puede andar, costes veterinarios, atenciones, y quién sabe qué. Heridas, cojera, probablemente leishmaniosis, dolor, y algún problema de columna, eso seguro. ¿Alguien lo escogería entre cien, doscientos o trescientos perros? Nunca se sabe, pero las estadísticas no estaban de parte de ese pobre animal.

El zumbido metálico de la reja y apareció otra chica. Era bastante joven, algo mayor que ellos —treinta y bastantes—, vestía una camiseta blanca con el logo de la entidad (¿un híbrido de perro y flor?, algo así) y unos tejanos; sonreía cansada, el pelo corto, medio rapado por los lados, de ojos grandes y profundamente negros.

—Me han dicho que había llegado una pareja con un mestizo en muy mal estado. Supongo que sois Lena y Julio, que iban a venir hoy.

Lena se dispuso a asentir; Julio negó con la cabeza.

—Nos gustaría pensárnoslo unos minutos —afirmó él, incoherente.

—Ah, bueno. —A la chica, la actitud de Julio le pilló de improviso—. Pensaba… —cortó la frase—. Intentad no juntaros con los perros del refugio, que están empezando a salir a pasear ahora, ¿vale?

Y Julio bajó a Caos del coche, y paseó diez minutos de reloj con el perro, a paso lento, muy lento; y sentía cómo su mujer les observaba, dubitativa, y él seguía enfadado con la gente, con su madre, con el mundo, pero no con ese perro, ni con ningún perro, y volvió a subir a Caos al coche, y le explicó todo a la chica del refugio, y se dio una de esas situaciones en las que todos creen compartir un sentimiento, sea o no cierto.

Volvieron a la carretera, y Lena dijo aquello de donde caben dos, pues caben tres.

Él esperó que también cupiese en esa frase que sonaba pequeña, pero algo era.

8

Vengarse de la autocracia marítima

Esa tarde, Lena prefirió conducir. Julio no se interpuso: cuando su mujer estaba inquieta, él sabía que la forma que tenía de dominar los nervios era en movimiento. Aparcaron frente al Moll de Ponent, no muy lejos de donde había trabajado Julio los tres últimos años. Por la hora (las siete y cuarto: era temprano aún), acordaron acercarse a la estación dando una vuelta y recoger las tarjetas de embarque.

Bajaron del coche. Caos caminaba lento, así que ella avanzó a un ritmo y Julio se desvió un par de veces por los aparcamientos de las navieras con los otros dos perros, que aprovecharon para hacer sus necesidades. Él sonrió, satisfecho: pequeñas alegrías previas a un viaje largo. Ante el ferry, la caca era tranquilizadora.

Menuda idiotez, ¿no?

El paseo los llevó hasta el edificio de la compañía de *ferries*. Poca gente a esa hora: una vieja con tacataca, un gordo que vestía una camisa de cuadros y una gorra naranja con un castor en la visera y cuatro chavalas de risitas molestas. La oficina de atención al cliente eran ciento y pico metros de mostradores con ventanilla a mano derecha, cuatro filas de asientos de plástico verde que ahora mismo nadie utilizaba y unos servicios que a Julio le recordaron que tenía ganas de mear. El suelo de gres color plata parecía recién encerado y, al fondo, una gran cristalera dejaba ver barcos mercantes, cruceros y algún ferry, congelados sobre las aguas.

Recordó la tarde anterior. Lena fue con Caos a por una cartilla veterinaria; él se quedó en casa, cargando el coche, haciendo llamadas. Debía hablar con los caseros para acordar la rescisión del contrato: habían avisado con más de dos meses de antelación, pero nunca les iba bien verse y, por descontado, quedó para el último día. Tras cerrar un par de cajas con el precinto negro —las últimas ya—, Julio se paseó por la vivienda y el porche; en el garaje, volvió a enrollar las alfombras persas y las dejó detrás de algunas cajas de cartón con fotografías de extraños. Su amigo Paco ya había recogido la cama de matrimonio que le había encasquetado, medio regalada, y Dana y Argos roncaban aburridos en el jardín. Se volvió a sentir un poco idiota, y, antes de que el sentimiento fuese a mayores, agarró el teléfono e intentó contactar con los caseros.

Contestó ella:

—*Hola? Ets el Julio?* —respondió en catalán.

A Julio le pareció que la pregunta era retórica, así que la ignoró.

—Hola. Llamo para ver cuándo podemos firmar la rescisión del contrato. Nos vamos mañana, pero tengo que volver en unos días por un tema de trabajo.

—No, no. Tiene que ser antes de que os vayáis.

—Nos vamos mañana, señora —repitió él.

Se topó, de nuevo, con una jubilada aburrida:

—Pues podría ser mañana por la tarde.

—Imposible: llevamos a los perros y el coche hasta arriba para viajar en el ferry.

—*Això no és el meu problema!* —replicó ella, cambiando al catalán.

Julio suspiró.

—Es firmar un papel, ¿sabe? Seguro que encuentran un momento cuando venga a recoger documentación la semana que viene.

Al otro lado de la línea se oyó el comienzo de una protesta.

Julio colgó.

Por la mañana, dejarían las llaves en casa de su madre, por si las necesitaban los caseros y a la mierda. Estaba cansado de aguantar tonterías.

Cargó las cajas repartidas entre el comedor y el porche en el coche y se prometió que no discutiría de esto con Lena. No venían de China, pero se relajó haciendo algo que se parecía a lo de todos los días.

Más tarde, rompió su promesa.

En la marina, la escueta cola avanzó rápido. Al final, los respectivos saludos. La chica del mostrador número tres vestía un uniforme azul marino (qué tópico), llevaba el pelo negro recogido en una coleta y sonreía, sonreía todo el tiempo, sonreía con una gran boca donde, a la fuerza, debía haber más dientes de la cuenta.

¡Cuántos animales! —exclamó—. ¿Habéis pagado quince euros por cada tarjeta de embarque?

—Sí, claro —respondió Julio—. Somos dos adultos, tres perros y un vehículo.

—¿Coche? —preguntó.

La pareja asintió al unísono.

—Cuántos animales…

La taquillera comenzó a lanzar papeles por encima del mostrador.

—Este en la luna delantera, por dentro; aquí los pasajes, los perros… ¿Y las cartillas de vacunación? —preguntó, de repente.

—Están en mi bolso. ¿Las necesitas?

—No, yo no. Pero hay que llevarlas.

—Vale.

—¿Tenéis las cartillas de todos?

—Sí —dijo Lena.

Con Caos, Lena había tenido que hacer una rápida visita al veterinario, pero todo estaba solucionado.

—¿De todos?

—Sí.

—Seguro, ¿no?

—QUE SÍ.

—Buen viaje.

Salieron. El coche, a unos cuantos cientos de metros, repleto hasta la bandera; subieron en él, voltearon un par de rotondas y Lena apagó el motor frente a una larga línea recta de automóviles y camiones que hacían cola a escasos metros de la Ronda del Litoral.

Durante la hora de espera, nadie hubiera advertido que aquella hilera tenía que empezar a avanzar en algún momento; después, como si alguien se hubiera olvidado de que había que partir, todo se aceleró y los vehículos empezaron a moverse con parsimonia hacia el transbordador. Entre los coches, aparecieron operarios y marinos que comenzaron a gritar, a correr, a apresurarse y casi a hostigar a los conductores para que subiesen por la rampa del ferry. En el maletero del Ford, Argos comenzó a gruñir y a ladrar y los otros dos perros no tardaron en unirse. Desde el asiento del copiloto, apenas se les veían las cabezas entre tanto trasto apilado en los asientos. Julio chistó, consciente de que, en esa tesitura, tampoco era extraño que los perros se pusieran un poco nerviosos.

—Joder, tanto estar parados y ahora van a ser todo prisas —comentó él.

Lena respondió con algún monosílabo. Ese tipo de cosas le ponían nerviosa, así que, sabiéndolo, Julio dejó el tema.

—Compré unos candados para las jaulas de los perros; así no tenemos que preocuparnos y podemos llevarlos arriba en un visto y no visto. Bueno, o abajo, que no tengo ni idea dónde estarán.

—Bien pensado. ¿Cuándo los compraste?

—Ya hace.

Un operario desgreñado, con bigote y mala cara les azuzó con ayuda de una especie de pirulí fluorescente.

—¡Suban! Venga, ¡siguiente! —repetía.

—Míralo el gilipollas, que se cree un caballero jedi —gruñó Julio.

Bajó la ventanilla del copiloto: ¡que sí, hombre, que sí! ¡Que ya vamos! Ahora vienen las prisas, como siempre. El tipo le clavó la mirada un instante y siguió moviendo el pirulí a los coches que les precedían. Lena dio gas y subió la rampa del ferry; en el interior del buque, condujo entre indicaciones del resto de marinos, embutidos en monos y chalecos con bandas reflectantes. Sacó la cabeza por la ventanilla al pasar junto a un trabajador de la compañía, quien corría de arriba abajo gritándole a los conductores dónde debían dejar el vehículo.

—¡Perdona! ¿Puedes decirme dónde están las jaulas para los perros?

—¿Eh?

—Las jaulas, donde duermen los perros.

—Ah, sí. Eso. Arriba. Cubierta ocho.

—Vale, gracias.

El tipo desapareció hacia delante a medida que más y más coches subían por la rampa de acceso a la cubierta. Lena aparcó donde le indicaron. Bajaron a los tres perros del maletero con las correas bien sujetas: a medio metro, circulaban coches mucho más rápido de lo que debían, con conductores más atentos a dónde aparcar que a lo que se movía alrededor.

—Vigila con los coches, *peque,* que los bichos van nerviosos.

Caos se tumbó en el suelo de la cubierta, sucio, más negro de las manchas de aceite que verde de la pintura antideslizante. Julio mantuvo las correas de los perros en corto y sacó del vehículo una mochila verde. Lena agarró la correa de Caos y le ayudó a incorporarse.

—No falta nada, ¿no? —preguntó Lena.

—No sé. ¿Qué más da? Tenemos a los perros, la mochila con las cuatro cosas de documentación y dinero para cenar. Hasta mañana, sobrados.

—Vale. Creo que voy a llevar a este perro en brazos, que llegaremos más rápido a las jaulas.

Apareció un operario frente a ellos: bajito, rubio, nariz respingona. Alrededor, el ajetreo de los coches, bocinazos de algún idiota, gritos de los marineros que querían organizar las cosas lo más rápido posible y la cagaban; nervios. Los perros inquietos, empapándose de las sensaciones que flotaban en el ambiente.

—Chicos, solo podéis llevar un perro cada uno. Vais a tener que hacer dos viajes.

—¿Cómo? —preguntó Lena.

Julio torció el gesto.

—¿Qué más da? Es subir y bajar tres pisos: no vamos a dejar a uno de los perros aquí.

—Son las normas, pareja. Todavía quedan bastante coches por entrar; dejad a uno en el maletero, subid a la cubierta ocho, los metéis en la jaula y volvéis. Es para evitar molestias a otros pasajeros.

—Tócate los cojones. ¿Y si subimos con los tres?

—Tendré que dar aviso.

—Lo dicho: tócate los huevos.

El trabajador se encogió de hombros.

—Venga, subimos y bajamos, Julio, que son un par de minutos. Deja a Caos en el maletero y venimos a por él corriendo.

A Julio le pareció que la voz de Lena escondía un histerismo que crecía incontrolado.

—Vamos rápido, va —agregó ella.

Se lanzaron a la carrera hacia las cubiertas superiores: una vieja con tacataca, el hijo que la ampara, unos niños subiendo y bajando las escaleras y haciendo el mono.

Lena con mala cara, rechinando los dientes.

Julio, a todo *quisqui*: perdón, paso; disculpe, lo siento.

Uno: que si los pasajes.

Otro: que si tienen candados.

El mismo tipo: que no, que esos candados son demasiado grandes.

Julio: oiga, que tenemos un perro en el garaje, no irán a cerrar, ¿no?

Cruza otra vez la recepción, enseña pasajes.

Sube corriendo las escaleras, y más escaleras, ¡y más escaleras!

Llegan a la zona para los animales.

En las jaulas, los perros que ya arman escándalo.

Julio, a los bichos (como si le entendiesen):

—Pues os quedáis en la misma, chavales. Os dejo un par de juguetes.

Abre la bolsa, cierra la bolsa.

A su lado, espera la responsable de la guardería canina, a quien casi no le ha dicho ni hola. La chica, cabello rizado, ojos verdes, y Julio que no ve nada más porque ya está bajando los escalones de cuatro en cuatro hacia el garaje.

—Vamos corriendo a por otro perro, que no nos han dejado subir a los tres juntos —dice Lena.

Otra vez escaleras, moqueta verde, ¿moqueta verde? ¡tócate los cojones! El mismo tipo de antes: que si bienvenidos, que las butacas están aquí a mi derecha dice uno con gorra blanca, ¿o van ustedes a camarote?, agrega chasqueando la lengua. Aquí la tienda de regalos; ¡que me importa una mierda la tienda de regalos!, grita Julio.

—¿Dónde van ustedes?

—Al garaje.

—No, al garaje no.

Se planta Julio frente a un tío casi tan alto como él. La puerta de metal del garaje está cerrada: se oyen los motores del ferry y tres pitidos largos de bocina. Él sabe que significan avante, hacia fuera de puerto, pero no se lo dice a Lena, que le lagrimean los ojos y empieza a sollozar.

—Hay un perro ahí. Nos han hecho subir solo con dos por normativa, o algo así. Abre la puerta que vamos al coche a por él —dice Julio.

¿Sonríe? A Julio le parece que la mueca de ese tío se acerca a una puta sonrisa. Lena, enmudecida por los nervios; el marinero (corte de pelo militar, mentón cuadrado, ojos azul hielo) frente a ellos dos.

—Hay que subir a la cubierta de pasajeros. Aquí ya no se puede estar: hemos cerrado el acceso —informa el marino, uno creería que su voz esconde a un autómata.

—ABRE la puerta. Un minuto. Cogemos al perro y no hay que denunciar a nadie —A Lena la voz se le rompe al salir por la garganta.

Julio da un paso hacia el marinero.

—Abre la puta PUERTA. Los gases de los motores del barco son tóxicos, chaval. Ese animal no va a morirse por esta tontería.

El marinero da un paso hacia él.

Venga, no me jodas.

Lena salta desde detrás de Julio y le cruza la cara al tipo de un sonoro manotazo.

¡PLAM! Casi suena metálico.

El operario queda petrificado un instante, y, entonces, Julio aprovecha para empujarle con todas sus fuerzas. El marino pierde el equilibrio y cae al suelo. Julio comprueba la puerta: no está cerrada con llave. Se lanza a la carrera hacia el coche. A su lado, deja atrás varias decenas de vehículos a la carrera, se escucha resollar, se le nubla la vista del humo y los nervios.

A lo lejos, escucha al marinero discutir con Lena a voz en grito.

Llega al coche en un santiamén, abre el maletero, ahí está Caos. Caos no le rehúye la mirada, pero tampoco mira hacia ningún sitio en particular. Parece aturdido. Saca al perro del maletero y lo carga al hombro: una babilla blanca cuelga de los belfos del animal. Con el codo, cierra el maletero y camina rápido hacia la puerta de salida de la bodega. Julio siente que se le hace difícil respirar, llega a la altura de Lena, que está llorando, y del marinero, que tiene en el careto una palma roja que empieza a hincharse.

—Voy a dar aviso —dice el marino.

—Hijoputa —escupe Julio.

En la cubierta cuatro, donde la sala de butacas y el restaurante, Julio apoya el codo contra el mostrador de información repleto de ejemplares del *Últimas Noticias*. Delante suyo, varias personas cotillean fingiendo estar interesadas en la tienda de regalos (de los cojones): el capitán del ferry explica a Lena el porqué de las normas.

Julio no quiere saber nada (que les jodan a todos, cabrones), pero se mantiene a poca distancia mirando mal a los marinos todo el tiempo mientras sostiene la correa del mestizo, que se remueve inquieto de un lado a otro del suelo de parqué. El perro parece más despierto, aunque sigue visiblemente mareado: entre paso y paso pierde el equilibrio, se tumba y se levanta, se sacude constantemente. Más y más gente se congrega en la recepción: algunos son meros curiosos, pero empiezan a llegar los críticos y los que acusan de negligencia al capitán y el resto de la tripulación.

Antes de que la cosa pase a mayores, un suspiro del oficial sella la victoria de Lena, quien se acerca a Julio, agarra la correa roja de nailon de Caos y se marcha, a paso firme, hacia el camarote de la cubierta superior.

Unos segundos después, cuando ya hayan dejado atrás a la multitud, su mujer afirmará en voz alta que llevarse al perro a la habitación era lo mínimo que podía hacer para vengarse de la autocracia marítima y de sus alargados tentáculos, palabra por palabra. Por el pasillo del barco, Julio no podrá evitar echarse a reír.

9

Las nubes desnudan la luna

Solo durmieron un rato. El perro quedó en el camarote y, en algún momento, se cagó, pero no se meó. A ninguno le preocupó más allá del propio malestar del animal: cogieron algo de papel higiénico, limpiaron la mierda del suelo y abrieron la puerta del cuarto unos minutos, para ventilar.

—Voy a fumar fuera —anunció Julio en la madrugada.

El teléfono móvil marcaba algo más de las cuatro.

Coge la llave del camarote por si me vuelvo a dormir, dijo ella, y así lo hizo.

Salió al pasillo, no sin antes ponerse encima un bañador negro que había traído para dormir y una sudadera. Fue suficiente con cerrar la puerta: me voy a helar, pensó, pero no iba a volver a entrar, ¡qué demonios! Cruzó el pasillo, atendiendo al verde tan verde de la moqueta, subió a la cubierta seis y buscó una puerta hacia el exterior, donde se concentraban algunos insomnes solitarios que fumaban en silencio.

Las olas del mar azotaban la proa del ferry.

—¿No hay sueño? —preguntó un viejo embutido en una boina de lana que rivalizaba en horror con el batín y las pantuflas.

—Pues no más —contestó—. Pero peor le veo a usted, con lo preparado que venía para dormir en camarote.

—Ya que se pagan los camastros a precio de cama Luis XVI, el Manolo pues hace lo que puede —dijo otro, un gordo en camiseta Imperio (¿todavía las fabrican?) carcajeándose contra la baranda.

Julio se tumbó en una hamaca de plástico e intentó no avivar más el anhelo de conversación de los noctámbulos. Chasqueó la piedra del encendedor y prendió el pitillo. Se escuchaban los ladridos de algún perro en la cubierta de arriba, quizá uno de los suyos, aunque no sonaba a uno de los suyos. Se los imaginó durmiendo, tranquilos.

Perdió de vista el mundo.

Estaba cansado. Estaba reventado, en realidad. Los últimos dos o tres días habían sido una verdadera locura de cosas que hacer. ¿Y Caos? Pues Caos ahí no había ayudado, aunque se sentía bien eso de hacer una locura de vez en cuando.

Apareció Lena, sola, ya vestida con tejanos y chaqueta. Saludó con la cabeza a los presentes y se sentó en una silla cercana a la de Julio. No sabría decir si habían pasado tres minutos o treinta: el cigarrillo se le había consumido en la mano tras un par de caladas.

—Ya viene la parienta a llevarte a la cama —comentó el gordo, riendo bajo su camiseta Imperio.

—Nos ha jodido ahora —dijo Julio—. Yo que os iba a proponer montarnos un grupo nocturno de habaneras hasta Mallorca.

Pitorreo general. Risas y carraspeos de fumador veterano. Al viejo que se le cae la gorra y la recoge entre crujidos de espalda.

—Este sabe más que el hambre —murmuró, enseguida—. Bueno, señores, y señorita, o señora —se corrigió—, duerman un rato que aún queda viaje hasta *sa Roqueta*.

Entre ¡eas!, arrea y hasta luego se van a ir escapando otros cuantos al concluir la breve vida de las luciérnagas de nicotina. Poco después, a solas, Julio compartirá otro cigarrillo con su mujer, quien no fuma, pero y qué, como ya le ha dicho, y cansado está él de discutir. Las nubes visten la luna y la desnudan de nuevo, mientras, el ferry le hace el amor al mar con suavidad y costumbre. Eso piensa Julio, pero no se lo dice a su mujer, porque le da vergüenza.

—No te mareas hoy, ¿no? —pregunta.

—Me he inflado a biodraminas.

—¿Y no te ha entrado sueño? —Aunque lo que quiere decirle es que es una burra y que no puede meterse un paquete entero de pastillas antimareo.

—Son las que tienen cafeína.

El silencio y la noche los dejan arrullados en la hamaca. Lena se quita la chaqueta y los cubre a ambos. En los pies Julio sigue teniendo frío, pero, en fin, es su culpa, que es gilipollas y va en bañador.

¿Estarán bien los perros?, le susurra Lena al oído. Y él que asiente, intentando persuadirla con cada pequeño gesto y, aunque duda, no quiere volver al camarote; quiere ver cómo amanece junto a ella y pasar página por fin: encontrar un camino que recorrer hacia delante. Eso es lo que le explica de madrugada él a ella, también le detalla tonterías ella a él; prometen, ya sin seguridad, y ven las primeras luces de un nuevo día por el este.

—Aún os lleváis un catarro de *souvenir*, pareja —dirá después el viejo de la bata volviendo a aspirar humos, pero a Julio no se le ocurrirá abrir los ojos.

Agradeció la luz débil del primer amanecer. Se encontró solo en la hamaca, se sintió abandonado y volvió a fumar, pero el tabaco había perdido el brillo místico que lo envolvía en la madrugada. Fumar solo es un suicidio más, de los muchos que cualquiera comete a lo largo de su vida hasta dejarse ir; entonces le gustaba fumar, porque reconocía en el acto una muerte pagada a plazos y, a veces, también benevolente.

Solo entre la muchedumbre (una muchedumbre que se había agolpado en proa pese al viento helado del mar) vio cómo el ferry maniobraba para atracar en el dique del Oeste. Julio, ya veterano en estos viajes, se imaginó (sin necesidad de darse la vuelta o acercarse hasta la baranda) los viejos cañones que —aún armados, pero inútiles— sobrevivían en el Fuerte de San Carlos. Entre las cámaras fotográficas y los *smartphones,* encontró a una madre y una niña que sonreían a la isla envueltas en una marabunta de clics y bocas abiertas.

La pequeña era una Kirsten Dunst a lo *Entrevista con el vampiro,* con los rizos, y un vestido de flores a la que, mentalmente, bautizó como Claudia. La madre parecía una noruega de manual: mirada salpicada de verde, dientes perfectos, y, a la fuerza, domados entre ortodoncias; rubia, rubísima. Vestía de sport, pero ¿cómo iba a importar eso?

Llevaba el móvil en el bolsillo, pero les preguntó por no sacarlo:

—Perdón, ¿saben qué hora es?

—Son *siete quince* —contestó la madre con un marcado acento.

Julio imaginó el rostro de esa mujer junto al de un *jarl* o un *hold* de la vieja Escandinavia.

—No fume, señor —dijo Claudia—. Es muy malo.

—¿El tabaco o yo, pequeña?

—*Tobacco* —dijo la niña en un inglés que le pareció británico.

Julio apagó el pitillo contra el metal que contextualizaba la puerta; lo hizo con cuidado para que la ceniza o las virutas de fuego no escapasen a su muerte prematura.

—Usted es hombre que tuvo problemas con el viejo perro, *right? We saw the conflict with the officers in the hall. I feel really sorry for you* —el acento de la madre confirmó su presentimiento.

—¿Son inglesas? *I thought you are finn or dutch* —comentó Julio, con un inglés pobre y contaminado de español—. *Well, I am: the naval officers trapped one of our dogs in the parking... deck?* —dudó—.

Palabras de ánimo, empatía, y es que por ahí arriba se dice que llevan mejor esto del respeto y el bienestar animal. En fin, se despidió de madre e hija, chocó los cinco con la pequeña Claudia y se alejó pisando moqueta verde hasta el camarote. El ferry había despertado, se oía ladrar a los perros desde ahí —ahora quizá también alborotaban los suyos— y se encontró a Lena con ojeras, junto a Caos y un café que su mujer sorbía despacio.

—Hola —saludó—. No me has rescatado de la marabunta de fotógrafos aficionados.

—Mayorcito eres para salvarte tú. Te he cogido un café en el bar: bébetelo, que han dicho que desembarcamos en treinta minutos. —Parecía arisca: el espejismo nocturno se había esfumado del todo.

—Sí, nos harán esperar dos horas para atar tres cabos y echar el ancla, y luego nos largarán a patadas para limpiar.

—No creo que se atraque así el ferry.

—Ni idea.

Bebieron los cafés en silencio.

Después:

—Vete con Caos a la tienda de regalos y yo voy a buscar a estos dos.

—¿Seguro?

—Que sí.

—Seguro que puedes solo con los otros dos, ¿eh?

—QUE SÍ.

—Vale, tampoco te pongas borde.

—Pero qué borde ni borde —ya por la moqueta verde hacia arriba—, es que hay que repetir las cosas siete veces.

Entró Julio por la puerta de la zona de mascotas: un rectángulo con jaulas a ambos lados. Pocos animales quedaban ya por ahí: un gato que maullaba en lo alto, metido en un transportín que, a su vez, estaba dentro de una de las jaulas de viaje, un teckel, que movía la cola divertido mientras Dana le ladraba, y Argos, que mordisqueaba el collar de la pastor alemán (¡No hagas eso!). Al fondo, había un perro negro que también alborotaba, histérico, pero desde la entrada no se le veía bien.

Julio sacó la llave de uno de sus bolsillos, la giró dentro del candado, abrió la puerta de la jaula; correa a uno, correa a la otra.

—Venga, que nos vamos para el coche.

Apareció la chica del cabello rizado de la noche anterior en el quicio de la puerta, con un eh.

Pues ¡eh!

Su pelo le pareció ahora de un castaño antinatural, un ocre demasiado basto para esos rizos; vestía un mono de trabajo por encima de la camisa blanca del uniforme y su verde no era verde comparado con los ojos que había conocido en cubierta.

—¿Son tuyos? —preguntó ella.

—No, que va. Me dedico al hurto mayor.

¿Esta tía quién se cree que soy? ¿Harry Houdini?

La chica afiló el gesto. Julio pidió a los perros que se sentaran.

—Vale, tú eres el de las prisas de ayer. Ya me acuerdo.

—En serio, ¿este es el control que lleváis? ¿Y dónde estabas?

—Había acompañado a una familia.

Julio resolló. No quería discutir más. La organización le resultó estúpida, el trato a los animales, la forma en la que eran apilados como cosas, y sintió que tenía que subir al coche (repleto de trastos), arrancar, salir de ese barco y olvidarse de todo lo sucedido.

—Oye, me voy. Me está esperando mi mujer con el otro perro; perro al que, por cierto, casi mata un compañero tuyo encerrándolo en el aparcamiento e intentando impedir que entrásemos a buscarlo.

—¿Qué?

Julio salió por la puerta.

Ya con Lena, esperaron a que la fila empezase a moverse hacia delante —señal inequívoca de que habían abierto el acceso al parquin— y, sin demora, se escurrieron por ella entre caras de sorpresa y fastidio. El camino hasta el Ford fue tranquilo; los perros se comportaron. Él no abrió la boca hasta entrar en el coche. Al cerrar las puertas, ya dentro, el teléfono móvil relampagueó en el bolsillo de Lena.

Ahora conducía Julio.

A un operario con pirulí:

—Que sí, coño, que ya salgo. Las putas prisas, otra vez. Más ganas tengo yo de escaparme de la mierda de barco en el que trabajas.

Por el aire viajó algún adjetivo de naturaleza vil que el motor no silenció del todo. El ferry devolvió el vehículo plateado a la tierra, al asfalto, pero a otra tierra y a otro asfalto. Desde la luna del Ford, se acerca a ellos el paseo marítimo de Palma. El coche recorre las calles que llevan hasta Porto Pi: las escolleras a babor y, a estribor, los barcos del particular que mal duermen, condenados al ajetreo de éxodos diurnos y al desgaste de las noches que muestran otra de las caras de la fiesta en el Mediterráneo.

Lena pegó el teléfono contra su oreja y cambió a un mallorquín que reservaba para la isla:

—Sí, ahora estamos saliendo. ¿En el edificio de Gesa? ¿Eso no está ya en Can Pastilla?

—Me meto en la autopista y me salgo a la altura de Mercapalma —comentó Julio, quien ya estaba curtido en vías y autovías de las Baleares.

Palabras en mallorquín al otro lado de la línea.

Julio a lo suyo.

Lena:

—Pues mejor en el Palacio de Congresos, claro. Aunque para desayunar por ahí… No, ¡no! Por nosotros con parar a ver si tienen pis… ¿A la altura de dónde? ¿De Selva?

—¿Qué dice tu padre?

—Bueno, vale. También podríamos parar en el Arenal. ¿Eh?, ¿por qué no? Si desayuna ahí cada día… ¡Ah! ¡Hoy, no!

De nuevo:

—¿Pero voy a Gesa o al Palacio de Congresos?

—Están en la misma dirección —a Julio—. ¡No! Si por desayunar podemos parar en Inca o en Binissalem también.

—Y en Santa María, Consell, Marratxí… —agrega él.

Lena chistó a Julio, nerviosa.

—Pero ¡¿dónde coño voy?!

Por el teléfono:

—Un momento, *paró*. ¡Al Palacio de Congresos! Nos paramos ahí, y decidimos.

Llegaron a la altura del Palacio de Congresos entre suspiros y no empieces. Él con hambre, que después aguantaría dando gas por la autopista de Inca.

Julio sacó la mano por la ventanilla y saludó a los padres de su mujer, que esperaban en el arcén. Los ojos puestos en el retrovisor, tratando de alcanzar el Parc de la Mar...

Nada, queda muy lejos ya.

Julio aparcó en doble fila detrás del Opel Corsa dorado de los suegros. Silbaban los motores de otros por el final del marítimo, camino a la autopista, y los besos y abrazos que contextualizaron la escena siguiente, lo hicieron junto al primer despertar de la ciudad y el lento fin de fiesta que se recogía con más libido y más fuerza en las bocas que en los cuerpos.

Lo de siempre.

De lejos, parecían cansados; de cerca, parecían felices. Felices de recuperar a una hija que creían que les había robado la universidad, el trabajo, un catalán. Él: alto, altísimo, pegado a una tripa sedentaria y más afín al trabajo que a excesivas comilonas; de ojos azules que regaló a su hija, calvicie redondeada a máquina y bigote blanquecino que, sin saber muy bien cómo, encajaba en un semblante más severo a la vista que al trato. Ella: también rubia, como lo fue su marido, donde el pelo —corto, liso— se revolvía inquieto entre unas facciones más afiladas que las de Lena; esto se debía a su extrema delgadez, que le endurecía el rostro y las expresiones, pero no el carácter, más bohemio que el de su cónyuge.

—¿Y este otro? —preguntó Margarita, curiosa.

Lena ayudó a bajar del coche a Caos, que renqueaba el paso hacia el camino junto al mar. Julio fijó la vista en la estatua de la Nuredduna que inspiró a Costa i Llobera y se perdió las primeras explicaciones.

—Lo encontramos hace un par de días abandonado. El sábado fuimos a la perrera, pero no pudimos dejarlo ahí —explicaba Lena al silencio paterno. Silencio que no era censura, ni crítica, sino más bien incomprensión.

Salieron pronto unas palabras, quizá certeras, pero hirientes. Herían como hiere la realidad, con un largo corte que sangra y duele tanto por separar la carne como por la incerteza de no saber si podrá uno detener el caudal que escapa y vacía.

—Este perro está moribundo: no le hacéis ningún favor —expresó Pedro.

Caos se mantuvo a cierta distancia. A aquella que le permitió la correa, las caricias de la madre de Lena, los nervios.

—Sí, no está precisamente bien —es lo único que dijo Julio, sabiendo que no había más información que ofrecer ni más palabras que pudieran construir una realidad distinta—.

De todos modos, y aunque una promesa entonces no tenía por qué encontrar el ánimo ni el sentido de mantenerse, Julio se juró que no sería él quien repitiese esas palabras u otras semejantes y, en algún momento de su estancia en la isla, supo que su mujer se había prometido algo similar, y que ambos lo habían cumplido. No tenía sentido mencionar lo que era obvio a ojos de todos, y aunque hubo quien debió creer que esas palabras podían ayudar, lo cierto es que se equivocaba.

Volvieron a los coches y se encaminaron hacia la Vía de Cintura, rodeando la capital en un largo abrazo que los dirigió hacia el norte a través de la Ma-13, que abandonaron en la salida 27, pasado el polígono, pues les servía mejor hacia su destino último: el pueblo de Caimari, su nuevo hogar.

10

El pan moreno

En Selva, los dos coches atravesaron chino chano la calle principal hasta encontrar la plaza del pueblo: a Lena se le había antojado pan moreno, y Pedro afirmó que no había mejor pan que el de allí, a excepción de un horno en Valldemossa y quizá otro en Es Pil·larí. Desde allí, se podía ver la silueta rectangular de la Iglesia de San Lorenzo, que ocupa todo el alto de la colina en un primer gótico que, como le chivó su mujer, representan mejor las naves laterales que el frontispicio.

Encontraron aparcamiento debajo de las escaleras de la iglesia y se acercaron, sin prisa y con hambre, a una de las terrazas de la plaza.

—No apetece una excursión hasta la Cartuja a por pan, ¿no? —Pedro reía bajo el bigote, ya sentado en una silla de plástico del bar.

A su lado, Lena intentaba dominar la correa de Caos y el perro se revolvía, tratando de apartarse de la mesa. El padre de Lena seguía buscándole las cosquillas mientras esperaban a que el camarero, o quien fuera, asomase el hocico hacia la terraza.

Julio llevaba en la mano las correas de los otros dos, pero había dejado a Dana y Argos corretear libres por el gris de la

75

plaza, donde apenas había visto moverse ningún otro coche. Los perros, sin alejarse demasiado, olisquearon el suelo, se pegaron una meadilla en un rincón y se tumbaron a la sombra de un pino cercano.

—*Deixa d'enfitar!* —le espetó Lena a su padre—.

—Mañana habrá que volver a Palma a por un par de muebles, nos podemos escapar a Valldemossa a por medio kilo de payés —comentó Julio con ironía.

—¡Va!, ¡va! —dijo Margarita, tildándolo todo de *dois i més dois*—. Al Ikea podemos ir hoy, que ya tendréis cosas más importantes que hacer el resto de la semana.

Pedro asintió, en silencio.

—Hoy es domingo, Marga.

—¿No hay nada en Caimari? —Lena por fin había conseguido que el perro se tumbase.

No hubo respuesta.

—¿Y cómo es que está abierto el Ikea en domingo? —preguntó Julio.

—Por los guiris quizá —contestó Lena.

—¿Los guiris vienen a comprar al Ikea en vacaciones?

Margarita se encogió de hombros y sacó la pitillera del bolso. Apareció la camarera, una anciana con un moño lleno de canas. La vieja tomó nota rápido en una libreta de comandas y, minutos después, volvía con una bandeja rebosante de tazas, lecheras tintineantes y tostadas con margarina y mermelada. La fuente metálica temblaba, amenazante. Lo repartió todo con más maña de la prevista y desapareció.

Después de desayunar, y de que un policía municipal le pidiera de malas formas que atase a los chuchos, Julio intentó ir a pagar sin éxito. Margarita se había adelantado con una de esas tretas propias de la maternidad: un voy al baño con el bolso colgando y el monedero en la mano.

Cogieron a los perros y volvieron hacia los coches.

Más tarde, ya en Caimari, a la altura de la verja negra de la entrada, Julio le explicó a su suegro el trabajo que dejaba en la península (cargar cajas que los chinos envían de China) y echaron un vistazo a la terraza empedrada tras los barrotes mientras madre e hija subían la cuesta de hormigón con parsimonia. En la columna de la derecha, donde el buzón, había una placa de cerámica antigua sin dibujos que se limitaba a informar: *s'Hort de Can Blai*.

—¿Por tu suegro? —preguntó Julio a Pedro, confuso.

—Así se llamaba ya antes, por otro Blas. Nos hizo gracia en su día y aquí lleva la placa cuarenta años.

Debajo de la primera (y del buzón negro de forja) había otras dos placas más pequeñas: una con el dibujo de un pastor alemán que a Julio le pareció muy apropiada, y otra con tres gatos, que estaba seguro de que debían pertenecer a otra historia, pero quién sabe a cuál. Por ello, en ese mismo instante, mientras abrían las rejas de par en par y dejaban que los perros entrasen al jardín, Julio estuvo tentado de bautizar a esos gatos que no existían y, poco después, se olvidó de que esa placa siempre estuvo ahí.

La vivienda de piedra, a mano izquierda, tenía dos plantas. Julio se fijó en el portón de madera exterior —enorme, altísimo—, un umbral que parecía guardar siglos de historia y que alguien había rodeado con doveles de piedra para aliviar el peso de la estructura (eso también se lo dijo Lena, que por algo era arqueóloga). Sobre el empedrado de la terraza, resistía una mesa de plástico cuarteada, que había encontrado refugio bajo un pequeño porche destinado a cubrir lo que, con acierto, Julio imaginó que era un horno de piedra. Más allá, una caseta de obra techada destinada a molestar a un acebuche que subía, indómito, y hacía tiempo que se había rebelado al hormigón. A su derecha, y a una altura menos (que alguien salvó con una rampa a medio camino del acebuche), un jardín que, según Pedro, había sido un vergel de naranjos, ciruelos y quién sabe qué, cubierto de hierbas y suciedad.

—¡Mira qué prisa se ha dado este! —informó Lena, con satisfacción.

A escasos metros, Pedro parecía juzgar duro el trote cojo del mestizo, que se esforzó en alcanzar rápido la escalera que bajaba al cúmulo de malas hierbas, descender a trompicones entre los *ays* y los *uys* de los presentes e ir a dar contra una vieja caseta de perro, que, a duras penas, se veía entre la hierba decolorada por el verano. Dana y Argos habían salido corriendo hacia los bancales de arriba, por una rampa tras el horno de piedra que Julio todavía no podía ver desde su posición.

—¿Qué hace ahí? —preguntó Lena, desde la terraza.

—Se ha tumbado en los restos de una caseta para perros que hay abajo.

Pedro rebuscó en el manojo de llaves sujetas por un viejo llavero de Naranjito y abrió el portón de la casa. En el zaguán, empujó la puerta de la cristalera semicircular, entornada, pero no cerrada, la cual rodeaba ese espacio previo al comedor, y esperó a que los presentes se acercasen hasta allí, representando una especie de acto formal que debía pensar que todos conocían y debían compartir, en silencio.

Julio entró el último. Un hálito de humedad se le incrustó en la napia, pero no dijo nada.

El comedor vacío, a excepción de una pequeña estufa de leña que, olvidada invierno tras invierno, no había podido detener el descascarillado de las paredes del comedor. A Julio, sin embargo, el estado de la casa le resultó menos chocante que a Lena, y esto era lo que realmente sorprendía.

Tras varios años cerrada, alguien volvía a pasear por la planta inferior —el vacío devolvía el eco de los pasos—, compuesta por el comedor, la alacena, que aprovechaba el hueco de la escalera hacia el segundo piso, una gran cocina con chimenea, un pequeño cuarto y el único baño con el que contaba la casa, instalado en un anexo junto a la escalera que subía al segundo piso. Allí arriba esperaba un salón, una habitación individual y otra de matrimonio. Todo lo que quedaba entre esa cuatro paredes era un viejo frigorífico combi y la estufa: estaba claro que la casa necesitaba un par de semanas de puesta a punto.

Salieron a la terraza.

Dana acercó una vieja pelota de tenis emblanquecida por el abandono.

Argos se tumbó al sol.

—¿Hay una azada o una hoz en la caseta esa? —preguntó Julio.

—*Idò!* Hay herramientas, hay —contestó Margarita, adelantándose a su marido—. Otra cosa es cómo estarán, que llevan ahí *todos los años.*

Pedro ni contestó ni preguntó. Se encaminó a abrir la caseta con el manojo de llaves de nuevo en la mano y, tras la puerta, descubrió cubos de plástico llenos de herramientas, sacas de cemento, lo que parecían aparejos para sulfatar, picos, palas y rastrillos. Julio cogió una azada y una hoz de mano.

—Te falta el martillo —se burló Pedro.

—No parece que el perro se vaya a mover de ahí en un buen rato —comentó Julio, señalando con la hoz a Caos—. ¿Os parece que limpiemos un poco alrededor de la caseta y descargamos antes de bajar a Palma?

Lena asintió y agarró la azada con la que remover la tierra que le desnudaban tras cada tajo. Caos miraba hacia ellos, con los ojos llenos de no entiendo. Margarita bufó en dirección a su marido, encendió un Ducados negro y gritó:

—¡Os vais a poner perdidos de barro y malas hierbas!

Julio, que ya empezaba a sudar, se encogió de hombros mientras se quitaba la camiseta.

11

Quaranta putes sagrades!

A las seis de la mañana, Pedro manoseó su panza frente al espejo: el reflejo le amenazaba con la verdad. ¿Desde cuándo cargaba eso?, ¿y esas ojeras?, ¿y el cansancio? ¿Ese era el impuesto por conducir un autocar?

Vamos, no me jodas.

Escuchó el clic del microondas, y se encaminó a la cocina mientras se ponía una camiseta interior y se cubría las vergüenzas con un eslip amarillento por la lejía. En parte, sabía que era su culpa. Como cualquier otro cincuentón que cambia de número en el prefijo —cumplía los sesenta en unos meses—, era consciente de que había tiempo para ir a caminar, o a pasear, aunque tuviese que hacerlo solo, porque Margarita… ¡Bueno! Ni pensarlo. Esa llegaba a casa al mediodía y no salía ni que se incendiasen las paredes.

Cogió la leche del microondas: el calor del vidrio se hacía molesto al tacto. Aguantó el vaso un par de segundos más (solo para demostrar al líquido que no era tan fácil doblegar a Pedro Palau) y lo abandonó en la mesa mientras acercaba el bote de las galletas y empezaba a desayunar. El aleteo del loro en el comedor, todavía en fase de desperece, contextualizaba sus remojes y pensamientos: claro que puedo caminar, ¡e incluso ir a nadar!, pero ya estamos hartos de rompernos los cojones, rumiaba, como intentando digerir una comida pesada que le han metido por el gaznate a toda una generación.

Cuando se cansó de engullir galletas, apartó el vaso y cerró la caja; quedaron estas en la mesa, a merced del despertar de su mujer, que, en cuarenta años de matrimonio, jamás se había comido una galleta.

Alrededor de la mesa, encargada de dar sentido a gran parte de la estancia, se disponía un Tetris compuesto por la nevera, el frigorífico y un gran congelador; también la placa de gas butano, el horno y las mismas encimeras de siempre: podría Pedro describir cómo las había encajado en esa casa antigua al poco de nacer Lena, pero dios, ¡qué cansado se sentía los días en los que la rutina le dejaba pensar!

Salió de la cocina en dirección al salón, que conectaba con los dormitorios y los dos baños de la vivienda. Levantó la sábana blanca que colocaba, cada noche, encima de la jaula del pájaro. El mobiliario, antiquísimo, de roble macizo, oscurecía todavía más la estancia, que no contaba con luz natural. Eran trastos de otra época: dos alacenas enormes, un reloj de cuco que armaba escándalo cada cuarto de hora, librerías de esas que el día que tengan que sacarse de ahí saldrán por piezas… Como si de un recordatorio se tratase, encima de aquella mesa había una foto de bodas: esta era la causa de casi todos los muebles que había ahí apilados, hasta del loro.

—Maaaaarga, ¡a levantarse! —gritó, volviendo al baño.

—¡Paaaaaaaaco! —exclamó el loro de plumas verdes.

—Sí, *guapo*, sí. Ya sé cómo te llamas —murmuró Pedro.

En la habitación del matrimonio, silencio.

—¡Marga! —repitió, sacando la cabeza del baño mientras los espumarajos blancos de la loción se le removían ya por la jeta.

—*A cagar! A cagar!* —exclamó Paco, a quien el abuelo le había dejado en herencia una buena sarta de improperios e insultos en mallorquín.

Pedro cogió la cuchilla de afeitado mientras oía desperezarse a su mujer en la cama. Casi eran las seis y media.

¡Yo a las siete me marcho, eh! Que la niña no viene cada día.

Lo repitió seis veces, aunque pocas le parecieron vista la parsimonia de su mujer. Entre la espuma y el ras-ras, pensó en las razones por las que la niña volvía. Estaba convencido de que la venta de la casa de Caimari tenía mucho que ver: lo comentó un verano y, al siguiente, la niña, de nuevo, había puesto el mundo patas arriba y volvía a Mallorca. Se guardó de ser excesivamente duro en sus propios pensamientos, a riesgo de serlo luego en palabras: el trabajo no iba bien, ni aquí ni allí, y él mismo había comprobado que Barcelona era cara de cojones: ¡¿ochenta euros la noche en un hotel de periferia?! Venga, no me jodas. Y el metro, los impuestos, ¡la comida! Joder con los supermercados. Y si no iban bien las cosas, seguro que el carácter de la una y del otro no habían ido a mejor… Que vaya discusiones, y él poco podía hablar, pero de cualquier cosa hacemos un mundo hasta en fiestas.

Marga apareció por la puerta del baño.

—*Ep!* —saludó.

—Me marcho en quince minutos a recibir a los niños —repitió Pedro.

—Niños, niños, ya no son.

—Pues lo parecen: *molts de cans i pocs de nins.*

—Déjate, que no está la cosa para niños —contestó Margarita.

—*Te reventaré!* —gritó el loro desde la jaula—. *Cap de fava!*

Terminó de afeitarse, se limpió la cara con una toalla mojada y guardó la cuchilla, y el bote de espuma, y una máquina eléctrica, que había decidido no usar en un cajón bajo el lavabo. Se encaminó a la habitación y se encontró a su mujer ya vestida.

—Al final estaré lista yo antes que tú, don Palau —se pitorreó ella.

—Raro sería.

Pedro se vistió con calma, consultando el reloj un par de veces, comprobando que las siete se habían portado bien, llegando cuando tenían que llegar, pero no antes. Siguió dándole vueltas: ¿estarían bien?

—¿En qué piensas? —preguntó Marga desde la puerta del dormitorio.

Su mujer llevaba ya puesto el abrigo rosa palo ese del Mango que a Pedro tan poco le gustaba, de su brazo colgaba un bolso negro con tachuelas y le faltaba calzarse las botas Dr. Martens granates que la esperaban en el zapatero de la entrada. La colcha y las sábanas estaban a los pies de la cama, en el suelo: serían para lavar. Pedro pensó en soltarle alguna broma sobre vestirse por los pies, pero no lo hizo: no tenía muy claro si esa expresión podía aplicarse al género femenino, en realidad. Se carcajeó un instante, en un silencio cómplice solo consigo mismo, y dijo:

—Estarán bien, ¿no? Se les ve con problemas.

—Les irá bien un tiempo aquí —contestó ella.

—Y tú no crees que él haya… tanto que discuten, digo.

—¿Que haya qué?

Pedro colocó la palma de su mano derecha en posición horizontal y meneó la muñeca a izquierda y derecha.

—*No diguis dois!*

—¡Pues que no me entere yo! Que le arreo un sopapo que lo desmonto, ¡eh!

—Son muchas cosas, Pedro: el cáncer del padre, el trabajo, lo de la niña…

—¿Qué niña? —preguntó Pedro.

—Nada —dijo Marga—. Tu hija: la niña. Que tiene un carácter… de Palau-Palau.

—¡Ay, *Margalida*! *Anem, va. Anem.*

Pedro agarró la billetera de cuero que le esperaba sobre la mesa del televisor Telefunken cien veces amortizado y las llaves de casa y del coche, del cuelgallaves de plástico rosa con el eslogan *La vida es bella.* Sería verdad, pero no pegaba un carajo con el resto de la decoración.

Abrió la puerta que daba a la calle. Ya eran las siete y diez. Tanto madrugar y luego nos despistamos y nos tendrán que esperar ellos a nosotros: ¡verás!

Portazo nervioso. Llegaba la niña.

—*Quaranta putes sagrades!* —gritó Paco desde su jaula. Jodido loro.

12

Encontró un buen trabajo

Las primeras semanas volaron. Llevados por la novedad, la faena, el buscar trabajo. ¿Dónde quedaron las discusiones?, bajo la alfombra, si la hubiera habido y, como no era el caso, las dejaron fuera, en el jardín, enterradas, supongo que lejos del perro mestizo que dormitaba sobre los restos de aquella caseta, levantándose para mear, cagar y mal comer. Si no podían ayudar al perro, por lo menos no iban a cargarle con sus mierdas: así pensaban.

Era verano, primeros de agosto, por lo que nadie confiaba en que algo cambiase hasta que los *guiris* liberasen la isla del asedio: un estado de sitio que hostigaba con la fuerza de la tradición y ahora mal pagaba, escudado en la avaricia y el pan para hoy de los mallorquines del pasado, una realidad que muchos no entendían entre turoperadores, paridad de precios y demasiadas horas extra por temporada.

Mientras reparaban una de las paredes carcomidas por la humedad —uno de los últimos inconvenientes que quedaban por solventar en Caimari antes de pintar la vivienda—, volvió a salir el tema:

—Si sale algo, pues *os digo cosas* —comentó Pedro, con una esponja que supuraba bórax.

Escurriendo otro estropajo en el cubo, Lena:

—Sí, pero intentaremos que salga algo más cerca de Inca que de Palma. Aunque, si nos llaman, lo vamos a coger, por supuesto.

—Sí, no está la cosa para ser selectivos —Julio se secó el sudor con el reverso de una vieja camiseta de Blind Guardian agujereada por todas partes.

A los pocos días, y contra todo pronóstico, ambos estaban trabajando unas horas al día: eso sí, en trabajos sencillos y de media jornada. Lena había empezado a colaborar en la delegación de una agencia de publicidad en Inca; Julio, en cambio, encontró el modo de ganar unos euros con pequeñas labores de tala y desbrozado de terrenos, enchufado por un vecino forestal. Sin embargo, lo que le había emocionado (sobremanera) era una colaboración temporal en un pequeño diario que cubría noticias de la *Part Forana:* que si aún habrá forma de meter la pata poco a poco, que no sé si me encanta, pero más que cargar cajas sí...

Lena feliz o, por lo menos, alegre, de no oír quejas todo el día, y de ahorrarse discusiones; también animada por su trabajo: pocos compañeros, buen ambiente y ¡encima cerca de casa! Seguía agobiada por Caos, pero no se puede tener todo: había hablado con Julio, preguntado precios en una decena de veterinarios, pero una revisión exhaustiva no era asumible. Su padre había sido claro: ya hacemos mucho sin cobraros alquiler, ¿o no? Y tampoco le faltaba razón al hombre, así que decidieron esperar al primer sueldo y apartar lo que iba destinado al ahorro para invertir (no tenía muy claro que este fuera el verbo adecuado, pero ella no dejaba de repetirlo), de inmediato, en el mestizo.

Cada día, al cerrar la verja metálica y dejar a los animales solos por unas horas, pensaba en esto. Cuando volvía de trabajar, tachaba otro día del calendario de la cocina con un rotulador, y confirmaba, una, y otra, y otra vez, la cita para el día veinticinco. Mientras tanto, empezaron a intentar que el perro dejase de roer piedras con los dientes y aceptase algo más que la carne cruda que le apartaban tras las comidas: lo primero lo consiguieron; lo segundo, no.

Los tres primeros días trataron que el perro no siguiese durmiendo en el jardín, que entrase en la casa; más temprano que tarde, desistieron. Por ese camino, Caos solo entendía un ataque y avanzaban un paso para retroceder tres. Tocaba tener paciencia.

Estoy convencido de que todo esto había ayudado a incrementar la gran discusión tras el diagnóstico del perro, pero no fue nada en comparación con lo del taller del pueblo. En cualquier caso, no adelantemos acontecimientos y volvamos con Julio por unos minutos…

Julio encontró un buen trabajo. No era el mejor trabajo que se le ocurría, ni el segundo mejor, pero le gustó desde el primer día: cortar madera. Tan simple como cargar cajas quizá, pero ¡cómo olía el bosque! Y los terrenos de los vecinos incluso. En comparación con las patatas fritas industriales y el gasoil del puerto de mercancías, aquello era la gloria.

El trabajo se lo consiguió el Toni, el típico vecino pesado que, en los pueblos, siempre tiene uno en la puerta de su casa, metiéndose en lo que no le importa. Aun así, Julio le cogió cariño rápido al Toni, ya que fue de las pocas personas que no le trató del todo como un *foraster* por allí.

Volvía cansado ese día, había podado tres algarrobos y una encina; después, él y Toni habían troceado las ramas con la motosierra, aunque sería más justo decir que el vecino poco hizo más que supervisar mientras Julio dale que dale con la máquina y el hacha, una y otra vez. Tras cargar todo el material en la furgoneta, el Toni le había invitado a una cerveza en el bar a las afueras del pueblo, y, tras escaparse, rápido, caminaba por la carretera, amparado por el empedrado de las aceras y las casas viejas de ventanas mallorquinas, cuyo verde se había comido el sol. Al hombro, un par de hachas y, en la otra mano, el motor, que quería limpiar y aceitar al día siguiente, pues libraba. Al llegar al estanco, compró tabaco; después, giró a la izquierda y se encaminó hacia el torrente seco que se soterraba a la altura de su nuevo hogar. Iba pensando en nada en particular, en el olor a madera y el verde que le acompañaba por mucho que intentase sacudírselo de la ropa al terminar la faena, y en sus perros, a quienes se oía ladrar al final de la calle que le había robado el nombre al arroyo.

—Eh, ¡catalán! —gritó una voz cascada a sus espaldas.

Julio se dio la vuelta en silencio. Era el encargado del taller, con ojos de tigre y gesto altivo; la panza enfundada en un mono azul y la pelambrera del pecho asomando por encima. Una imagen que le pareció francamente desagradable. Pensó en decirle que él no era *el Catalán*, pero imaginó que eso no haría más que terminar de colgarle el sambenito.

—Eres Julio, ¿no? El marido de la hija de Pedro.

—Ese soy yo —dijo él, asintiendo.

Su perro Argos ladraba a lo lejos, Julio contuvo el ansia de chistarle para que dejase de armar escandalera. Al fin y al cabo, se oía a otros perros, aunque es curioso como a uno siempre es el propio aquel que más le molesta. El mecánico panzón se había quedado en silencio, a Julio le dio la sensación de que estaba analizando su percha de tanto mirarle, y empezó a incomodarle.

—¿Qué puedo hacer por ti?

—Estoy buscando a alguien que me ayude en el taller: nos ha entrado bastante faena este año y vamos a ir cortos de personal de cara al mes que viene, ¿sabes? —Hizo sonar la propuesta como una oportunidad única, pero a Julio, receloso, le pareció un pacto con el Diablo.

—Nunca he trabajado de esto, pero aprendo rápido. ¿De qué hora a qué hora la jornada?

—De ocho a seis. Quizá algunos días hasta más tarde. A partir del cambio de hora, como mucho, hasta las seis.

Julio dejó la motosierra en el suelo y calló un instante. Ahora tenía bastante tiempo para colaborar con el diario, aunque mal pagaban y prometían más de lo que habían cumplido. Si aceptaba ese puesto, habría que decir adiós a lo otro, pero el sueldo…

El viejo se impacientaba rápido.

—¿De qué sueldo estaríamos hablando, jefe?

—Alrededor de los mil euros. Más no puedo pagar, pero las horas extra aparte —contestó, acompañando las palabras de un gesto de autosuficiencia y unas palmas que se abrían al cielo, como añadiendo: ¿qué más quieres, *foraster*?

Era casi el doble de lo que estaba ganando. También Lena. Pero ya podía despedirse de colaborar en el diario y de aspirar a otra cosa.

—*Batuadell, al·lot!* —exclamó en mallorquín—. Dicen que eras trabajador. Si tanto te lo tienes que pensar para coger un buen empleo…

—Puede que me interese —afirmó Julio, aunque asomaron dudas entre las palabras—, pero ya gano casi eso entre los trabajos con el Toni y otro que tengo en el periódico Últimas Noticias.

—¿El que tiene las oficinas en Inca?

—Tiene otras en Alcudia —agregó Julio.

—Mira qué bien.

—¿Puedo decirte algo esta semana? Déjame echar números.

—Bueno, yo voy a seguir buscando, así que, cuanto antes, mejor.

Y así quedaron. Julio chocó la mano al viejo, cerrando uno de esos pactos tácitos que se amparan en los siglos. El mecánico se subió la cremallera del mono azul, como adivinando el efecto que había tenido la pelambrera asomando sobre la panza. Cuando llegó a la verja negra, Dana y Argos se pusieron a dos patas sobre el metal para saludar entre lametones y, sin pretenderlo, también dificultarle la entrada.

Julio murmuró:

—Y una mierda me esclavizo yo en un taller por mil euros. Yo aquí voy a ser periodista de una puta vez…

Entró. Cerró la puerta tras de sí. Pasó la llave. Y se puso a jugar con los perros y una pelota de tenis emblanquecida por el sol. A ratos, Caos le miraba desde su caseta a medio derruir.

13

Se llevó los sueños a medio despertar

Como tantos otros días, Lena se despierta pronto, pero se refugia bajo las sábanas. Le sudan los pies, así que saca un brazo y tira de la funda nórdica para dejarlos al otro lado de la cama, ahora vacío. Cierra los ojos y escucha los pasos acelerados en el piso de abajo. Se imagina a su marido moviendo herramientas que tiene que cargar, porque suena a ruido de trastos, y desliza la otra mano fuera en busca del teléfono, que descansa en la mesita de noche.

Son las siete y cinco.

¿Y este idiota qué hace levantado?

El silencio le trae una respuesta entre ronquidos de perro. Se escucha a Dana lloriquear fuera de la habitación: esa no es. Lena se incorpora un instante: ahí está Argos, bostezando sobre una manta.

A este, hasta las diez, no le busques.

El mastín abre los ojos, aún rojos de sueño, y ella se deja caer de espaldas contra la cama.

—Tú lo has dicho, titi.

Dana, por ahí abajo, deja de lloriquear y sube a toda velocidad al segundo piso, donde Argos y Lena siguen intentando dormir. La cola de la perra, que parece tener vida propia, golpea las paredes, el quicio de la puerta, la cómoda y la base del canapé sobre el colchón. Lena se exaspera.

—Ya vale, ¡eh! A dormir.

Dana se sienta a su lado y, cuando Lena se despista, empieza a lamerle la cara; ella intenta apartarla, lejos y, ahora, la lengua da buena cuenta del brazo, de la mano, de los dedos... ¡Qué agobio de animal! Las palabras producen el efecto contrario al esperado y la pastor alemán se tira contra el suelo, sin sutilezas, buscando que Lena le rasque la panza, pero ella la ignora.

En un par de minutos, los dos perros roncan, y Lena cierra los ojos buscando negro.

Vuelve al estado de vigilia, de improviso. Mira el *smartphone:* las ocho y media. Tiene un porrón de notificaciones, así que desliza la mano hacia la mesita de noche, abre un cajón, coge el cargador y deja el teléfono cargando después de mirar el WhatsApp: el Facebook puede esperar.

Se sorprende y todo de su propia reacción.

De inmediato, pone los pies en el suelo de baldosa rústica. El marrón no deja ver la suciedad y el pelo, pero ella sabe que hoy toca darle caña a la aspiradora. Se dispone a salir del cuarto entre los bostezos lastimeros de Argos, quien se tapa los ojos con las patas y refunfuña; Lena se da media vuelta.

—Bueno, miro las notificaciones y bajo.

Vuelve a la mesita de noche, coge el teléfono. De las ochenta y tres notificaciones, más de cincuenta son spam de su madre. ¡Vaya tela! En el WhatsApp nada de interés y justo está escribiendo Julio un mensaje mientras se le escucha abrir la verja negra abajo: me voy ya, que no quería despertarte. Nos vemos luego.

—Ni un beso, ni un te quiero. Igual de romántico que siempre el tío. —Lena se calza unas zapatillas peludas con el careto de Winnie The Pooh y se larga a desayunar.

Le pareció que se quedaba dormida sobre uno de esos tazones de café de los que siempre se bebía la mitad. La otra mitad al fregadero, y eso le ponía enfermo a Julio: sonrió, mala. Ahora que estaba en pie, los otros dos dormían arriba.

Así son los perros, se dijo.

Se llevó los sueños a medio despertar de la cocina hasta el baño; ya desnuda, se duchó sin prisas y pensó en masturbarse, pero no lo hizo. Hacía tiempo que no tenía humor ni para eso. Cogió una gran toalla roja aún húmeda (Julio debía haberse duchado también) que estaba colgada frente a la mampara y dejó un reguero de gotas y humedad hasta el lavabo. Allí se encontró mirándose a sí misma ante un gran espejo.

—¿Crees que nos hemos engordado? —preguntó a su reflejo.

Bah.

Se secó bien, se peinó los rizos que ese día había decidido que no iba a alisar y subió a vestirse embutida en la toalla, con el pelo suelto y oscurecido como solo el agua se atrevía a proponer y a cumplir.

Ya vestida (unos *shorts* tejanos y una camiseta negra vieja con el logotipo de Jack Daniel's) salió a saludar a Caos. Lo encontró frente a la verja negra, adormilado, y eso le sorprendió un poco. Entornó la puerta de madera de la vivienda para evitar que, justo ahora, saliesen los otros dos a empipar y se agachó junto al mestizo para peinarle las canas que salpicaban el hocico y quitarle las legañas.

—Puaj. Mejor voy a lavarme las manos.

El perro no se movió, pero la miró con ojos cómplices desde su posición y se relamió la trufa. A su vuelta del baño, Lena intentó que Caos se incorporase. Esta vez, los otros dos perros ya se habían desperezado, y ahora salían a mear, a saludar al mestizo, a empreñar a algún pájaro, a ladrar a todo quisqui. Argos era especialista en esto último. Lena le chistó unas cuantas veces, mientras Caos sucumbía a sus caricias; a ella, de pie, la posición se le hizo incómoda y se sentó en el suelo de piedra que, pese a la hora, ya empezaba a estar caliente.

—Ya has paseado, ¿eh? Mira tú. Para un día que podía sacarte yo con calma y va el idiota y madruga sin necesidad. Podía haberse llevado a alguno de los otros dos, que no se va a librar, ¿sabes? Pero bueno, aquel va encadenando una neura tras otra, a estas alturas ya te habrás dado cuenta.

Caos torció el gesto hacia Lena. Se advertía complicidad en sus pupilas de marrón cobrizo. Sin prisas, desplomó la cabeza contra el suelo y ahí quedó a merced de más y más palabras que su compañera necesitaba verbalizar. Ella era experta en eso de comprar tiempo a caricias.

—Y qué hago yo aquí rajando de mi marido contigo… Bueno, es la ventaja de los perros: como mucho, captas mi humor, pero nadie me acusará de que me gusta hablar a las espaldas. ¿Con un perro?, no.

Esta idea hizo que se envalentonará, y siguió hablando, aunque casi susurrándole a Caos al oído, cohibida por la posibilidad de que alguien —una vecina, un conocido del pueblo, el cartero, si es que trabajaba en sábado— la escuchase.

—Ha cambiado mucho, titi. Y yo supongo que también, pero ya ves. Va a hacer un mes que estamos aquí y tú eres testigo, ni caso. Casi parece que hacemos vidas paralelas. Desde que estamos en Caimari, de eso, nada: cero. Que tampoco es que me apetezca, pero es que, si ya no tiene interés por nada, tú me dirás. Que me vas a decir: si tú tampoco… ¡y ya! Pero al menos sería algo a lo que agarrarse, ¿no? Aunque si después de diez años tenemos que mantener una relación por cuatro polvos, pues durar, durar, poco.

Volvió a la carga con más caricias; Caos se revolvía bajo el sol, confiado. Lena resiguió la espalda del perro con los dedos, tratando de averiguar qué había mal ahí.

—¿Y tú qué? ¿Se porta bien contigo? Lo intenta, ¿no? pero se ha vuelto un bruto. Antes era mucho más delicado… Bueno, delicado; delicado quizá no, porque bestia lo ha sido siempre. Considerado.

Caos se mordisqueó una de sus patas, ausente.

— Ni me ha preguntado por lo del bebé, ¿sabes? No sé si quiero hablar de la niña, pero ¡pregunta, joder! Hacerme ver que puedo contar con él y eso.

Antes o después, el silencio se apoderó de la mañana de todos. Lena quedó allí sentada al sol y solo entró a por un poco de agua. Los perros dormitaron y, cuando Dana inició el ataque de todos los días (el de los lamidos, y los lloriqueos, y los juguetes que quería que le tirasen y perseguir incansable), Caos se separó de ellos tan rápido como se lo permitieron sus pasos, olisqueó el suelo y se dispuso a arrastrar un polar que Julio se había olvidado en la mesa de fuera con ayuda de sus dientes quebrados y amarillos. Lena estuvo a punto de reñir al perro o, al menos, de evitar que Caos restregase la prenda limpia por la terraza, pero se contuvo sin encontrar razones. Quizá la escena que sucedió a continuación era necesaria y buena. Así que el mestizo arrastró el polar hasta la puerta de la entrada y se tumbó encima de este.

—Supongo que eso es una respuesta.

Lena se fue adentro, a por una cerveza. Si Caos podía tratar de confiar en Julio, ella también podía intentarlo una vez más.

14

Ningún favor

Por fin llegó, el día veinticinco. Era sábado. Julio colocó una sábana bajera en el asiento trasero del Ford para que el coche no se llenara de pelo: los tres perros estaban mudándolo, pero ¡cómo le caía a Caos! Parecía paja gris que alguien había tirado a su alrededor y, por mucho que lo recogieses, a la mañana siguiente el jardín volvía a estar lleno de pelo muerto. Si se le acariciaba, lo que, al principio, rehuía (o lo intentaba) y, poco a poco, fue aceptando más que agradeciendo, advertías cerdas duras (como la crin de un caballo) y no un pelaje suave, como el que sí tenía Dana, ni corto pero terso y agradable al tacto como el de Argos.

Con el culo del coche pegado a la verja metálica —lo que le había robado un par de minutos y una frente entresudada— Julio cambió de idea; entreabrió la puerta del Ford, culebreó por la estrecha calle junto al torrente y quitó la sábana de los asientos: a continuación, la extendió en el maletero.

—¡Lena! —gritó, pero del interior de la vivienda asomó su suegra, Margarita, quien había decidido, motu proprio, pasar unos días en la habitación de invitados—. Voy a vaciar el maletero, que el animal irá más cómodo...

—Se lo digo a mi hija —contestó esta.

A Julio le pareció que su suegra volvía dentro intentando decidir la importancia del mensaje. Después, confirmó sus sospechas.

Lena salió con el teléfono móvil en la mano.

—¿Al final lo llevamos detrás? Quizá mejor, no se sostiene muy bien en los asientos.

—Eso he pensado.

Lena le mostró la pantalla negra del *smartphone* a Julio.

—Ha llamado mi padre, que quiere venir a la revisión.

—¿No trabaja?

—Libra tres o cuatro horas al mediodía. Después tiene que recoger a unos alemanes cerca de Deyá.

—¿Qué tiene, excursión a Sa Foradada?

—Ajá.

Julio volvió a abrir la puerta del conductor con el poco espacio que la calle tenía de margen, mientras, Lena y Margarita acompañaban a Caos en su lento vaivén hasta la entrada. Ya sentado, el retrovisor permitió a Julio ver los ojos recelosos del mestizo, quien apretó el paso y miró el maletero abierto sin entender qué se esperaba de él.

Julio bajó la ventanilla del conductor y asomó la cabeza:

—¿Te ayudo o lo puedes subir tú?

—A buenas horas te preocupas —replicó Margarita.

Los ojos en blanco.

—Yo puedo: tranquilo, no pesa demasiado el pobre —contestó Lena.

Después le susurró algo en mallorquín a su madre, molesta, pero él no alcanzó a oír el qué. Margarita sonrió enseñando los dientes, burlona.

Esa no se toma nada en serio.

Julio condujo hasta un polígono cercano a Palma. Entretanto, Lena se aseguraba de la ruta con el GPS del teléfono. Las indicaciones se entremezclaban con los anuncios de la radio y el paliqueo entre madre e hija (la primera detrás, la otra en el asiento del copiloto) y Julio no se enteraba de un carajo debido al ruido.

—No le digas a tu padre que no sabemos movernos por Palma, que ya le tenemos sentando cátedra.

—*Marona:* ¿cómo voy a saber dónde está un hospital veterinario al que nunca hemos ido? Cuando llegues a la Vía de Cintura, salte a la altura del desvío que va a Son Ferriol.

Al llegar al polígono, Pedro ya les estaba esperando en la puerta del hospital. El edificio era un rectángulo colosal de cristal y hormigón a cuatro vientos que se debía ver desde casi cualquier punto del polígono industrial de Son Morro. Dentro, a mano izquierda, encontrabas una gran sala de espera donde la luz de los ventanales caía contra los asientos negros almohadillados y, a la derecha, la zona de recepción.

Tras el mueble, la auxiliar repiqueteaba con sus uñas contra el mostrador. En frente, a diez o quince metros de distancia, ocho puertas numeradas con una gran serigrafía en el vidrio: debían ser las consultas. Más allá, se abría un largo pasillo que se perdía esquina tras esquina: quizá los quirófanos, la zona de recuperación, quién sabe.

Se acercaron con el perro a la recepción.

—Hola —saludó Julio a la chica del mostrador—. Tenemos hora para revisión y analítica.

La chica sonrió con sus grandes labios pintados en rojo y el cabello que amagaba con caer sobre una boca que le había robado a Julia Roberts.

—¿Nombre?

—Julio, o Lena. No sé quién hizo la reserva.

—La hice yo —agregó su mujer.

—¿Y el perro cómo se llama? —La recepcionista miró a Caos y torció el gesto. De inmediato, intentó disimular su reacción.

Él imaginó que no quería que sus ojos —y el rímel que dormía en sus larguísimas pestañas— transmitiesen aquello que, por educación, se negaba a decir.

—Caos, se llama Caos —contestó Julio—. Lo abandonaron en una carretera y lo hemos adoptado.

Julio percibió cómo Lena le clavaba sus pupilas gris esmeralda: las explicaciones sonaban a excusa, pero costaba no excusarse por todo lo que alguien le había hecho a ese perro.

—OK. Podéis entrar en la consulta cuatro. Ahora irá Guillem para la revisión.

El veterinario apareció por la puerta casi en el mismo instante que los cuatro habían conseguido hacerse sitio en la minúscula sala; todos dentro, con Caos. Lo primero que intentó el tal Guillem, sin éxito, fue que alguno de los presentes esperase fuera; vencido, se escurrió entre ellos hasta el perro, se presentó y se rascó el cabello castaño unos segundos. Dedicó un buen rato a que Caos se relajase antes de chequear los oídos, y las fosas nasales, y la dentadura, y las encías.

—Estoy comprobando los ganglios linfáticos. Hay que asegurarse de que no hay inflamación en axilas, cuello, abdomen… Voy a auscultarle.

Cogió el estetoscopio de un cajón y pidió a Julio que lo subiera a la camilla metálica. Caos echó la vista a un lado, mostrando el gris de sus ojos, que amenazaba con cataratas o pérdida de visión y, sobre todo, parecía tratar de descubrir qué cojones estaba haciéndole el tío de la bata blanca.

Unos minutos después:

—Vamos a bajarlo al suelo: quiero comprobar los problemas de movilidad que mencionó Lena por teléfono.

Pedro suspiró.

—Ningún favor a este animal…

Lena chistó a su padre. Pedro ayudó a Caos a incorporarse, quien al percibir los brazos que lo amparaban, pateó contra la resbaladiza mesa de exploración y se lanzó al suelo blanco de baldosa cerámica.

—No hay necesidad de que nadie pierda el tiempo. Si no queréis estar aquí, nadie os obliga. Es más, todo lo contrario.

—¡Basta, eh! —exclamó Lena—.

—A ver si ya no se va a poder ni hablar —agregó Pedro.

—Para decir ciertas cosas, mejor estar callado.

Pedro miró al chucho que tenía delante. En silencio, se dio media vuelta y salió de la habitación sin mediar palabra. Julio sintió cómo los ojos de Lena se volvían más grises y menos esmeralda.

No dijo más.

Guillem, el veterinario, agregó:

—Bueno, vamos a hacer una analítica. Intentaremos que Caos no se sienta muy inseguro en la extracción; también habría que hacer una radiografía, porque no me gusta nada lo de la espalda… Todo apunta a una hernia, pero no lo sabremos sin imagen.

—Lo que sea necesario —dijo Lena.

A mediodía, Pedro se despidió, refunfuñando, con hambre. En la sala de espera, vieron cómo subía al Opel Corsa amarillo y daba marcha atrás para salir del aparcamiento; el padre de Lena agitaba una mano por la ventanilla del conductor cuando se perdió calle arriba.

Caos dormía a los pies.

Lena tardó bien poco.

—Te has pasado, ¿eh? No es forma de hablar a la gente.

—Bueno, tu padre también puede callar. No tiene por qué decir todo lo que piensa, hija —comentó Margarita, con un cigarro en la mano que pretendía salir a fumar de inmediato.

—Yo también estoy nervioso, pero nadie tiene por qué venir a la revisión del perro si no quiere.

Caos bostezó, mostrándoles los dientes roídos y una gran lengua que intentaba lamerse la trufa resquebrajada. Aquello robó unas cuantas sonrisas, también de terceros que se habían interesado por su estado durante la última media hora: una chica joven con un cachorro de labrador y una anciana que venía a vacunar a su yorkshire.

—Si estaba aquí es porque también se preocupa —agregó Lena.

—Nadie ha dicho que no —contestó Julio, sin convencimiento.

Guillem apareció con un montón de papeles en las manos. Sonreía tranquilizador, mostrando los dientes y el cabello, de un castaño ondulado que se le había alborotado entre prueba y prueba. Asomaban una o varias radiografías reveladas del taco de hojas. Los llamó con la mano, y Margarita se excusó esta vez, diciéndoles que iba a salir a fumar.

De nuevo, en la consulta cuatro:

—No os voy a engañar, no tengo buenas noticias.

—Tú dirás. Sabemos que todo apunta a algo malo, pero…

—Bueno, debo decir que los análisis han salido bastante bien, dentro de lo que cabe: me los esperaba mucho peor, y lo cierto es que todo está, más o menos, dentro de los parámetros normales. Tiene alterados un montón de valores, claro, pero nada que no podáis revertir con una buena alimentación y control.

—¿Entonces? ¿Lo de la nariz, qué es? ¿Es leishmaniosis? —preguntó Lena.

—¿Lo de la trufa? No, no: eso es una enfermedad autoinmune que se conoce como pénfigo vulgar, pero no es grave, tranquila.

Guillem prosiguió frente al silencio:

—Mirad, hay dos grandes problemas. La salud de Caos puede empeorar en cualquier momento: ha tenido una vida muy mala hasta ahora, y esto es como con las personas. Quizá de aquí a un mes, pega un bajón y poco se pueda hacer, pero lo que más me preocupa es la columna.

Lena se dejó caer sobre un taburete blanco con ruedas y acarició la cabeza al mestizo, que caía adormilado contra el suelo.

—Camina fatal, ya nos olíamos que había una lesión —dijo Julio.

—Pues lo que tiene es una compresión en la médula muy grave, a causa de múltiples traumatismos: vamos, de golpes o palizas. Además, la tiene en la zona cervical, y una hernia discal de esta gravedad puede empeorar en cualquier momento.

—¿Qué quieres decir?

Pareció que el veterinario estaba buscando las palabras correctas:

—Estamos hablando de medicarle de por vida, pero, en cualquier momento, podría llegar a sufrir una crisis y quedarse sin movilidad: paralítico, o aún peor: tetrapléjico. No tiene por qué ocurrir, pero existe esa posibilidad.

Guillem cogió la radiografía y mostró cómo la médula espinal estaba comprimida mientras reseguía la negra lámina con el índice, detallando las posibles complicaciones, la medicación imprescindible y las prevenciones que habrían de tomar para evitar un episodio más grave.

—Hidroterapia… —murmuró Lena, sorprendida.

—Quien dice hidroterapia, dice llevárselo a una cala a que se ejercite en el agua, o en una piscina si tenéis.

Julio se rascó el cuello, el agobio le subía por la nuca. Buscó, sin encontrarla, una mirada cómplice de su mujer, que estaba absorta en los ojos vidriosos del perro.

—Mirad. Está claro que es un perro que tiene que recuperar la confianza en las personas. Id paso a paso. Para cualquier cosa que necesitéis, estamos aquí, e incluso si os planteáis una operación, podemos estudiar las opciones —explicó Guillem.

—¿Es operable? —preguntó Lena.

—Sí, pero el coste de una operación de descompresión medular es muy, muy caro, y el postoperatorio… Bueno, no creo que ahora mismo Caos pudiese soportar el postoperatorio de una cirugía así. Pensadlo, más adelante.

Julio chocó la mano con el veterinario, agradeció todas sus palabras hasta diez veces y pagó la nota en la recepción con una sonrisa algo triste en la cara. Salieron con muchos ánimos a la espalda. En el aparcamiento, Margarita se había envuelto en colillas. Julio le pidió un cigarro.

—¿Tan mal está? —preguntó, advirtiendo las caras.

Le explicaron el qué y los riesgos. Ella asintió, mirando a Caos de vez en cuando: parecía que intentase contrastar el diagnóstico con sus movimientos, sus rasgos, su aspecto.

—Bueno, yo haría dos cosas —añadió—. Una: ir paso a paso, tomarlo con calma.

—¿Y la otra? —preguntó Lena.

—Guárdate de algunos detalles cuando se lo expliques a tu padre.

Julio exhaló el aire del pitillo, pero el humo no consiguió alejar ni las preocupaciones ni el patético gesto de fatiga general que le pareció que ahora todos cargaban.

15

El aleteo de la mariposa

Lo había comentado antes con Marga, así que, cuando Lena apareció a la altura del taller mecánico, Julio gritó desde el jardín:

—¡Una visita exprés a Ibiza!

Lena no respondió: pareció que aguzaba el oído y le clavó unos ojos achinados que el astigmatismo de Julio no vio hasta el último momento.

—Ahora no podemos: hay que ahorrar.

Lena le plantó un beso cansado en los morros. Cruzó la verja, cerró y se fue hacia la caseta donde dormitaba Caos, aprovechando los últimos resquicios de sol que se perdían tras la sierra. Julio se puso a su altura, de inmediato, espantó unas moscas que asediaban el pénfigo de la trufa del perro, y se sentó en la hierba, ya húmeda, para intentar robar la atención de Lena. Margarita, que estaba viendo la tele en el comedor, salió a saludar a su hija y volvió rápido al interior para no perder el hilo del episodio de *Sin rastro*, *Mentes criminales* o *CSI*. Julio no adivinó qué serie era, aunque las voces graves y el ritmo de persecución y disparos se oían desde fuera.

—Mira, tu madre aún estará aquí algún día más y a ella no le importa. Si nos vamos, puede venir a dormir tu padre. Y… ¡solo es el ferry y una noche de hotel!

—Sabes que no es cierto: es más dinero. Tendremos que comer, ¿o no?

Julio puso los ojos en blanco: se estaba aficionando a ese gesto. Suspiró. ¿Por qué era todo tan difícil entre ellos?

—Oye, nos hemos dejado trescientos *pavos* en Caos. Las cosas están mejorando… ¿En serio no podemos invertir cien euros en nosotros? Aunque nos comamos un bocadillo de lechuga y tomate tres veces al día.

Lena, en cuclillas, acarició la cabeza del mestizo. Este se rindió a sus manos, sin concesiones, algo que Julio, con todo el tiempo que le había dedicado, no había conseguido. Con ella, Caos era otro perro. Ojalá él pudiera ser otro hombre.

—¿Y los otros dos?

—Duermen dentro. He salido un rato a pasear con ellos hasta Campanet. Y como tienen que ir corriendo a toda mecha… están pelín destrozados.

Lena sonrió, y Julio no recordaba la última vez que lo había hecho. Como cada día, intentaron que Caos los siguiese hasta el interior, pero solo consiguieron que se incorporase y caminase un rato con ellos por el jardín. La pareja habló poco, concentrados en cada paso del mestizo entre la hierba, que volvía a brotar tímida tras la poda, y en los montones de ramas y astillas oportunamente apartadas a los extremos para no molestar al paso. Después, el perro cenó algo de pienso, todavía mezclado con restos de carne cruda y se tumbó en el césped.

—Lo siguiente será ponerse con los árboles estos —comentó Julio mirando un ciruelo repleto de goma—. Pero le preguntaré a tu padre a ver qué día libra y que lo haga conmigo, que ya me lo conozco.

Lena no escuchó las palabras de su marido, o las omitió, y retomó el tema anterior mientras tapaba a Caos con una manta de algodón.

—Bueno, podemos ir. Pero vamos a gastar lo mínimo, ¿eh?

—A mí eso me da igual, peque.

—Sí, ya —replicó ella, incorporándose—. También excluye las cañas ese mínimo, que conste.

—Algo habrá que beber —refunfuñó Julio detrás de su mujer.

Llegó el viernes y no hubo manera de que dejasen que los acompañase al puerto. Habrán dejado el coche en el marítimo y aún tenemos otro disgusto, pensó Pedro. Y luego a comprar embellecedores, o tapacubos, o peor, algún guiri borracho que te patea el retrovisor o te revienta un cristal de una pedrada… Que yo sé bien cómo son algunos, joder, que mucho Arenal, y mucha Punta Ballena… Pero Gomila tampoco se queda corta. *Cago'n sa puta!*

Estaba aparcado en doble fila a pocos metros de la arena de la playa de Pollensa, a cuatro pasos del chiringuito de La Roca. Del bar llegaba música, que intentó amortiguar calzándose la gorra. Faltaban diez minutos para empezar a recoger turistas. Quedaba bajar hasta Son Sant Joan y para Caimari. Tenía libre el sábado, cosa rara, pero los servicios estaban como estaban, así que le iba a echar un buen ojo a los árboles del terreno, frente a la casa y a los primeros bancales de atrás.

El móvil vibró en el bolsillo.

Al teléfono, Margarita lo tranquilizó tarde:

—Han aparcado donde el matadero, Pedro —dijo—. Se oía a un perro ladrar detrás.

—Bueno, ¿y del Camp Redó hasta puerto que hacían?

—¿Eh?

Pedro escuchó el rasgueo de un lápiz al otro lado de la línea. Quizá a su mujer le había dado por volver a dibujar, o por colorear mandalas de esos: después le preguntaría.

—Que cómo van a bajar hasta el puerto, *dic.*

—¡No sé, Pedro! Se han ido pronto: en autobús, o andando quizá.

Pedro suspiró.

¡Todo igual! Por no dejar que los llevase él... Si aún es pronto.

Miró el reloj de pulsera: las cinco y veinticinco. Llegaban los primeros turistas para la recogida. Abrió las puertas pantográficas y el compartimento del maletero.

—*Ep!* Te dejo, ya me contarás, que voy a hacer el último servicio. Luego al garaje, y ya subo para allí.

Margarita se despidió y colgó.

Pedro se entretuvo en el garaje con un par de compañeros y llegó casi para cenar. En la verja, Argos y Dana le saludaron, extrañados por la visita nocturna; ¿el otro?, el otro ni levantó la cabeza. Muy cansado estoy yo hoy, perros, así que entró, cogió los cacharros, puso pienso en ellos y los repartió entre sus dos incansables perseguidores. Llamó un par de veces al otro, al viejo, al del jardín, ¡a Caos! *Cago en quaranta putes sagrades, que no em sortia!*, y luego recordó que ese ni puto caso hacía. Le acercó el plato y se lo dejó delante. El perro miró el cuenco, sin interés.

A su vuelta, Margarita salió del baño:

—¡Pero si ya les había dado la cena! —le espetó.

Tócate los cojones. ¡Vaya día!

Caos se desperezó. Reptó fuera de la caseta con dificultad, con las extremidades rígidas y la humedad fría de los primeros días de septiembre adherida a ellas. Su oreja buena, la derecha, captó el aleteo de un grupo de vencejos que sobrevolaban la zona en bandadas negras de pequeñas uves dobles. El primer musgo desprendía el olor del otoño a las puertas, el otoño que espera a la lluvia, a los mil y un olores de las setas, el otoño que espera el aroma a arcilla, a frutas, a cloro y almendras, a paja, pino y resina, y a tierra húmeda, y rosas secas, y equinoccio, y más.

Olfateó la tierra, meó, cagó, subió la cuesta hormigonada hasta la terraza de baldosa gris, de mesa de plástico cuarteada por el sol inclemente, y de suelos atemperados por las últimas noches del verano. Allí se tumbó un buen rato. Tras la verja negra, salió Toni de una puerta de madera barnizada hasta el mareo y lo llamó incontables veces para que se acercase. Caos le miró, pero el forestal no adivinó el miedo en los ojos de tinte caoba. Los gritos del vecino empujaron al mestizo de nuevo a su caseta y, quizá, también abrieron el portón de la vivienda contigua, donde Pedro asomó desde el zaguán con una taza que humeaba y saludó, molesto.

El sol bailó entre nubes durante la mañana. Dana persiguió un rato a Argos por el jardín; después, Argos se tumbó en las baldosas ya calientes, y Dana persiguió la pelota de tenis que Pedro le tiraba a cada rato: tras bajar las tijeras de poda, la hachuela o la azada. A mediodía, Pedro se acercó a Caos, con una lata de cerveza en la mano.

—¿Qué? ¿No te levantas? ¡Venga, chico! Ven a ayudarme…

Dana daba vueltas alrededor de Pedro con la pelota aplastada en la boca. Pedro la ignoró. Se sentó un rato en la rampa de hormigón, a un par de metros, y el mestizo se sintió observado por largo tiempo. Argos gruñía a alguien en sueños, Dana ahora esperaba paciente con la bola de tenis en la boca.

—Jaleo no armas: eso está claro. Ni ladrar te he oído. ¡Ojo!, que no me parece mal que un perro ladre… para eso estáis también, ¿o no? —Pedro acercó la mano con cuidado, parecía recordar lo que su hija le había dicho en incontables ocasiones—. Puedes hacer unas cuantas perrerías, hombre, si aquí nadie te va a decir nada. Mira a esta gamberra si no —el hombre señaló a Dana—, ¡o al otro! —Argos roncaba.

Caos sentía la mano firme de Pedro en el lomo. Incómodo, el perro se incorporó como pudo y se alejó de la caseta. Dio unas cuantas vueltas por el jardín, que durante la mañana había mudado a un verdadero campo de obstáculos: repleto de ramas, y herramientas, y conducciones de plástico, aún sin soterrar, para el goteo. Una mariposa de alas negras y amarillas se posó en la trufa de Caos, sintió el hormigueo de las pequeñas extremidades del insecto en la herida. Percibió las feromonas sexuales del macho entre aleteo y aleteo, y, cuando la mariposa alzó el vuelo, corrió a refugiarse en su caseta a toda prisa. Pedro lo miraba, y no pudo evitar echarse a reír, pero también comprendió un poco más su naturaleza, y, esa tarde, sin que Margarita entendiese el porqué, lo sacó a pasear.

<h1 style="text-align:center">16</h1>

Viejas fisuras

El viaje a Ibiza fue bien. Bueno, el viaje en sí fue como el culo, con mareos y vomitonas continuas en el baño, pero allí todo fue mucho mejor de lo que Lena esperaba.

Visitaron la capital un día y una noche, perdiéndose bajo las fachadas encaladas en blanco y otras pintadas en crema, paseando por los callejones que subían y seguían subiendo, y absorbiendo las historias de cientos de personas que se alejaban hacia el Pachá y el resto de las discotecas a pie de calle.

Hablaron mucho sobre ellos dos: en los cañones que amenazan al mar calmo desde el baluarte de Dalt Vila, en los exteriores iluminados de la catedral y, para decepción de Lena, también en el hotel, ubicado en el extremo oeste del marítimo, donde al amanecer, desde la ventana, se podía ver la silueta verde y rocosa de un islote.

—No quiero cagarla: ha sido un día guay —murmuró Julio de madrugada.

—Solo íbamos a echar un polvo —soltó Lena. No estaba molesta. Pero ¿cuánto hacía que no follaban?

—Mañana —lamentó Julio, como si ya fuera un imposible.

Por la noche, mientras dudaba si su marido dormía o tenía los ojos fijos en la semioscuridad que permitía la persiana, tuvo la certeza de que su relación estaba repleta de viejas fisuras que ambos cargaban.

De día, hicieron el amor, pero no hablaron, y, quizá por todo lo anterior, lo hicieron con cuidado, sin tanta ansía de un clímax como del sentimiento a recuperar. Más tarde, cogieron el Ford y pasaron la mañana en Sant Antoni de Portmany, bañándose en el Caló des Moro y paseando por el pueblo costero hasta el Café del Mar, donde, al final, le metieron un palo a la cartera, y ni eso les importó.

La aventura ibicenca no pudo ir mejor y, a la vuelta, incluso le pareció que su padre tenía una actitud distinta con Caos. Distinta, pero mejor, como de tratar de entender las cosas. El domingo por la noche, después de una cena en familia y la despedida de rigor, se lo dijo a Julio, y él confirmó sus conjeturas. Durmieron, y fue el primer fin de semana bueno que Lena recordaba en años de convivencia. Con sus más y con sus menos, como todas las parejas, pero como una pareja.

Qué jodido que no fuese más que la calma que precede a la tormenta y que ella no tuviese ni la más remota idea.

El lunes siguiente también empezó bien. Tomaron café, temprano, y Julio cogió la puerta antes que ella. No hablaron mucho, pero Lena advirtió una complicidad que creía muerta. Se duchó sin prisa, se enfundó unos pantis de topos negros y una falda gris y agarró del armario de la habitación una camisa blanca con estampado de gatitos; en el baño, domó los rizos dorados con una plancha para el pelo que olía un poco a quemado, aunque iba, y se encaminó al coche, aparcado a la altura del taller mecánico.

Mientras bajaba la cuesta de piedra y hormigón, escuchó ladridos a su espalda. Se dio la vuelta. Argos subía a los bancales, ladraba y se encaraba con algunos perros de la casa que lindaba con la suya.

Volvió tras sus pasos.

Caos se incorporó para saludar, pero, al ver cómo cogía unos palés apilados contra el anciano acebuche, mantuvo las distancias. Lena colocó las maderas en la cuesta, ayudándose de la base del primer bancal para obtener cierta firmeza y desparramó un par de rocas para hacer bulto y tratar de impedir el paso a sus perros.

—¡Portaos bien! —gritó a los perros—. Bueno, tenéis todo el jardín de aquí abajo… Tampoco vais a estar apretados.

De la finca vecina, una jauría de cuatro o cinco perros patada y un dogo alemán corrieron a buscar otro sitio desde donde ladrar a Argos, quien les gruñó para ignorarlos poco después.

—Así, buen chico. A palabras necias…

Miró la hora en el móvil. Se había hecho una carrera en las medidas: de puta madre. Encima, ahora iba con el tiempo justo. Corrió hacia el coche, aparcado calle abajo: en cinco minutillos se plantaba en Inca sin complicaciones, pero ¡uf, qué estrés! Su jefe había demostrado ser un verdadero encanto, pero no soportaba la impuntualidad. No se la iba a jugar.

Aun así, en la calle chocó con Joan, el responsable del taller, quien suavizó su mirada de gran felino al verla. La conocía desde pequeña, como a todas las niñas de su generación, y tras la panza, la calva cercada por el poco pelo que le quedaba en la coronilla y un mentón ancho en un rostro aún más ancho, Lena sabía que había un hombre afable y comprensivo, de esos que dicen mucho, pero se les va la fuerza por la boca. Como su padre, quizá de ahí el agrado.

—*Ep, nina!* —saludó en mallorquín—. Dile a tu marido que estoy esperando *a que me diga* algo del trabajo, ¿eh?

Lena lo miró sin entender. Supuso que el mecánico había leído la confusión en su rostro, porque agregó:

—Le propuse *fer feina* aquí en el taller, pero me dijo que casi ganaba los mil euros con el Toni y un *diari* o no sé qué.

—*Ah, sí. Bueno, un poc* menos —contestó Lena—. Le digo que te venga a decir algo cuanto antes, que hoy ha ido a limpiar un terreno por aquí.

—*Idò! Quan pugui, nina.*

—*Au*, pues. *Gràcis!*

Lena corrió hasta el Ford, subió al coche aparcado y encendió la radio. Sonaba *Bitch,* de Meredith Brooks. Se sentía traicionada e imbécil. Vibró el teléfono en su bolso, que estaba silenciado: era su madre. Leyó un mensaje de texto en el WhatsApp que decía: *Te llamará tu padre para hablar sobre un alquiler para Caimari. Otra neura más. No et posis nerviosa. Ya lo hablaremos con calma.*

Tiró el móvil contra el asiento del copiloto y embragó para poner primera. Eran casi las diez. Entonces, imaginó su primera bronca por temas laborales en la isla, y acertó.

Al salir por la puerta de la oficina, llamó su padre. ¿Qué pasa? ¿Este hombre va con un cronómetro en la mano o qué? Parecía intranquilo, y Lena estaba segura de que había calmado los nervios con un par de vinos en el Corb Marí. Libraba, y habrían bajado al bar de siempre, el de las tapas del Arenal: lo suficiente alejado de la playa para no atraer a demasiados guiris, con público autóctono todo el año, en parte por ser un refugio para el de aquí y, en parte, porque la minoría, allí hecha mayoría, mantenía el orden en una zona atestada de alemanes, putas subsaharianas y fiesta de la mala, de la que exige mucho, y mucha paciencia, y no deja más que mierda.

—¿Trabajas? —preguntó Pedro al otro lado de la línea, sin saludar.

—Acabo de salir —respondió Lena, cerrando la puerta acristalada de la oficina, que estaba ubicada en un bajo de la calle Mancor.

Cruzó la calle hasta la plaza frente a la agencia y se sentó en uno de los bancos de madera. Veía a los niños corretear en un parque con vallas de colorines. Los abuelos y las abuelas perseguían y amparaban el juego de los más pequeños, una chica joven gritaba a un chavalillo de unos seis o siete años que trotaba a toda velocidad para subir de nuevo al tobogán, y otros dos trabajaban en un castillo de arena. Si había por ahí alguien más, los plataneros no le permitieron verlo.

—Querías comentarme algo de un alquiler, ¿no? —Lena no tenía ganas de hablar del tema y, ese día menos, pero si debía hacerlo, pasaba de andarse con rodeos.

—Como habíamos hablado antes de que vinieseis. Si vais a estar un tiempo, que llegue para pagar el IBI y los cuatro gastos —respondió su padre. Se oía jaleo al otro lado de la línea.

—Vale. Le diré a Julio hoy. ¿Has pensado en alguna cantidad? —preguntó Lena.

—Yo qué sé. Ya sabes que ahí los alquileres de las casas están altos, pero no os voy a cobrar para quitaros todo un sueldo tampoco. Aunque me ha dicho el Joan del taller que tu marido quizá va a trabajar para allí…

—Todavía no es seguro, *paró* —cortó Lena, tajante.

Hubo un breve silencio, como de una mente cavilando si debía o no decir algo que estaba ansiando salir.

—No es seguro porque él no *vol fer feina,* parece —dijo Pedro.

Lena se obligó a ignorar el comentario:

—Supongo que estarás pensando entre doscientos y trescientos euros. Será suficiente para los gastos derivados y, de paso, la casa quedará arreglada. Ya me dirás si te parece bien.

Y colgó a su padre tras despedirse. Estaba molesta. Se le había olvidado aquello de que en los pueblos todo se sabe y, por un instante, dudó sobre si habían hecho bien estableciéndose allí. ¿Del alquiler? Tenían intención de pagar un algo al mes, pero no a las ocho semanas de estar ahí... Necesitaba un respiro, pero nadie parecía entenderlo.

Un crío corrió hacia ella persiguiendo una pelota de plástico con una impresión de *La Patrulla Canina*. Lena colocó el zapato negro con tacón de cuña en la trayectoria del balón.

—¿Me da la pelota, señora?

Suspiró.

Llegó a casa hacia la media tarde. Julio fumaba ensimismado en la terraza de piedra. Daba una calada, inhalaba, exhalaba; daba otra calada, inhalaba, exhalaba. Toda su concentración parecía estar puesta en las grandes nubes de humo que entraban hasta sus alveolos y huían al cielo.

El humo subía, y subía y, en algún punto, se confundía en el trayecto con las nubes cargadas de lluvia, intentando hacer creer al mundo que su marido era el culpable del día en gris. Lena advirtió que había parte de verdad en esa metáfora, por lo menos con ella, y saludó a Julio con un toque en el hombro: él cabeceó nervioso como única respuesta.

Lena entró en la casa, subió hasta la habitación de matrimonio, abrió el armario y cogió un pijama de verano (un top blanco de líneas rosas y un pantalón de topos fucsias). Se anudó el cordón del pantalón y se calzó unas chanclas grises. Cogió una Coca-Cola de la cocina y salió al jardín.

—¿Quieres? —preguntó, acercando el aluminio de la lata hacia su marido.

Él seguía aspirando humo; la vista clavada en el riachuelo seco que pocas veces traía agua de las montañas. Negó con la cabeza.

—Me ha llamado tu padre por lo del alquiler.

—A mí también —respondió ella, sorprendida.

—Le deben urgir los quinientos euros.

Lena hizo palanca con la chapa del refresco y un burbujeo de gas llenó el silencio que vino.

¿En serio? ¿Quinientos euros le había dicho?

Claro que la casa se podía alquilar por eso, y por más, pero…

—Eso no es instalarnos con cierta tranquilidad. En Barcelona, pagábamos seiscientos.

—Y vivíamos como el culo —Lena, molesta.

—¿Y aquí qué?

Julio tiró el cigarrillo al suelo y lo pisó y pisó, restregando la suela de sus tenis con rabia.

—Aquí bien, si te decides a trabajar —le espetó ella.

—Lo estoy haciendo —contestó Julio, molesto—. ¿O no? En dos sitios a la vez, y ganando lo mismo que tú, o más, según el mes.

—En el taller ganarías mucho más que con el Toni.

A Julio se le endurecieron los ojos castaños.

—¡Yo trabajaré donde me salga de los cojones!

—Si tenemos que pagar un alquiler…

—¡Sí! De golpe y porrazo tenemos que pagar un alquiler: ¡de quinientos pavos!

Julio apretó el puño, que le temblaba. La respiración se oía profunda y entrecortada. Entró en la casa, salió con una cerveza. Tragó media lata en un pestañeo. Lena cogió fuerzas, contó hasta cinco para sí misma.

—Eso ya lo hablaremos con mis padres: no tiene nada que ver…

—Tiene que ver que sale cuando el gordo del mecánico ha llamado a tu padre para calentarle la oreja. O al revés. No voy a trabajar en un taller de mierda ahora que quizá tengo una oportunidad de conseguir algo que se parece un poco a lo que estudié…

—Al menos tenemos un sitio donde vivir y volver a empezar, ¿o no?

—Sí, por quinientos al mes.

Lena previó que iba a empezar a defender algo que no tenía claro que quisiese defender. Las emociones se le amontonaban y no recordaba siquiera si había hablado alguna vez con sus padres sobre un alquiler. Ella necesitaba volver a las islas, estar ahí (un tiempo, al menos) y, entonces, esa certeza tomó el control. ¿Pero qué iba a hacer?

—Solo digo que no es tu trabajo ideal: ¿qué más da el taller que limpiar parcelas? El sueldo es el doble.

Él aplastó la cerveza vacía con el pie.

Caos soltó un alarido ahogado en su caseta.

Julio no pareció darse cuenta.

—Y las horas también. ¿Cómo voy a colaborar en el diario con lío de ocho a seis? ¿A las ocho y media o nueve de la noche? ¿Los diez minutos entre irme hasta la esquina con los perros y hacer la cena?

—No es que tú hagas tantas cenas, ¿eh?

—Ya me entiendes —renegó Julio, algo más tranquilo—. Si cojo el trabajo en el taller, a la mierda todo lo demás. Mira el perro —dijo ahora, señalando a Caos—. Ese perro necesita que se esté por él, y los otros también. No es cuestión de apilar bichos en tu casa y ni mirarlos en todo el día, ¿no te parece?

—También se necesita dinero para sus gastos.

Julio rebuscó el paquete de tabaco en el tejano; sacó un pitillo que esperaba, ya solitario, y lo encendió.

—Mira, Lena. Tu familia creerá que está ayudando, pero no lo está haciendo. Ni de puta coña lo está haciendo.

—No veo que la tuya venga aquí a salvarnos la economía familiar, ¿eh? —replicó ella, molesta.

—¿Sabes qué? Que paso. Hasta los huevos de los sueldos de mierda, de las cero oportunidades, de haber estudiado para nada…

—Otra vez el discursito.

—Y de ti, tía: y de ti. Con lo de la niña, los putos palos en las ruedas a cada rato, y a saber qué coño haces en ese trabajo, que mira a qué hora llegas y para algo me quieres fuera de casa.

—¿Qué coño insinúas?

El vecino abrió la puerta y chistó. Toni iba en pijama y llevaba un purito sin encender entre los dientes. Su gran panza y la barba de tres días hacían difícil relacionarlo con los típicos bomberos de los anuncios.

—Dejad de armar escándalo —dijo.

Julio contra la verja negra. La cara roja; las manos de Lena lentas para pararle. Iba que casi le chocó la cabeza contra el metal.

—¿Qué te pasa, Toni? Algo querrás, que vienes a tocar los huevos mientras estoy aquí hablando con mi mujer: ¡son las siete de la PUTA tarde!, ¡las SIETE! —Julio, gritando.

Salió la mujer de Toni envuelta en una bata azul de poliéster que le venía grande, de unos cincuenta y pocos, bajita, el pelo castaño con las raíces negras suspirando por un tinte de peluquería; los ojos verdes, por sorpresa. Cogió del brazo a su marido y lo metió para adentro sin decir ni mu.

—Mira, Lena. Yo no sé qué te pasa, pero si quieres contigo a alguien a quien amargarle la vida o que te baile el agua por cualquier cosa, te van a dar por culo.

A Lena se le pusieron los ojos como platos. Sintió que la rabia crecía y crecía, y tiró la lata de Coca-Cola a medio beber contra Julio, quien no hizo ni el ademán de apartarse.

—A ti sí que te van a dar por culo, imbécil. ¡Que vives pensando que van a darte un trabajo de la hostia por escribir tres articulillos de mierda!

Lena entró en casa y subió a toda prisa las escaleras. Argos y Dana persiguieron el sonido del llanto hasta la habitación de matrimonio. Después, tumbada boca abajo en la cama, gritó, sollozó y siguió llorando. En algún momento, los dos perros se tumbaron en el suelo y perdieron la esperanza de una cena tardía.

17
Jim Beam

Bebió y bebió cervezas para tratar de enfriar la quemazón de las palabras que no debieron decirse, las dijese quien las dijese. Cuando terminó con las latas, secuestró, entre tumbo y tumbo, una botella de bourbon de la encimera de la cocina. Esquivó la basura dispersa por el suelo, los cristales rotos, la sangre reseca de una pared que había pintado a golpes. Recogió por trozos una de las puertas de madera del armario que ambos habían pateado bajo el fregadero (uno detrás del otro) y volvió al segundo piso.

Subió las escaleras dando bandazos, la mano derecha lloraba sangre, escocía, parecía una patata bulbosa y deforme: apenas podía distinguir dónde acababa un nudillo y empezaba el siguiente. Al pisar el suelo del salón del piso de arriba, que había conseguido rehuir la furia de la pareja, dejó la botella en el suelo, abrió el ventanal de dos hojas y se sentó en el umbral, con los pies en el aire.

Observó a Caos en el jardín.

El perro asomaba tímidamente sus facciones a la noche de luna menguante. Se oían los llantos de Lena desde la habitación, los perros silenciosos como nunca, y él trató de acallarlo todo con largos tragos de Jim Beam, que, en algún momento, le vencieron contra el alféizar.

Despertó de madrugada y vomitó, violentamente, contra la taza del inodoro. No supo cómo había llegado hasta allí y tampoco lo encontró en su memoria. La garganta le ardía casi tanto como la mano —ahora costrosa, hinchada— y quedó desplomado en el suelo de cerámica gruesa durante un tiempo desdibujado entre efluvios de alcohol y de rabia.

De nuevo, en pie, no volvió a por la botella, sino que abrió la estufa de leña e hizo fuego con dificultad. Cuando este restalló, empezó a quemar recuerdos compartidos de ambos que encontró por las estanterías del comedor: cartas, fotografías, regalos de enamorados, con la estúpida idea en mente de que, si estos desapareciesen en el olvido, también lo haría la fuerza de los sentimientos. Pese a la borrachera, no tardó en darse cuenta de lo imbécil e infantil que era esa idea, y corrió a la cocina a buscar agua, trastabillando entre restos de basura y dándose de bruces contra el suelo.

Más tarde, cuando llegó a la estufa abierta que vomitaba humo negro por el comedor, el agua de la jarra ya sirvió de poco. El resto de los recuerdos le observaban a los pies, juzgándole, provistos de una rabia que Julio inventó contra él porque la merecía.

Recogió a los supervivientes y los dejó encima de la mesa.

Cerró la puerta de pomo tibio de la estufa de leña.

Volvió con su botella de bourbon.

Debió coger un vaso para calmar los tragos, porque cuando bajó la botella, escuchó un ruido de cristales rotos previo a la inconsciencia contra el sofá.

18

Chorrear noche

Julio abrió los ojos y no encontró a nadie. Los notaba rojos, y cansados, confusos al tratar de enfocar sin seguridad; despertó sin saber realmente si, entre las vueltas y vueltas sobre el sofá de licra, había dormido o no.

Qué coño, ya estoy despierto.

Se incorporó, con dificultad. El cuerpo le respondía mal, y tarde; de inmediato, pensó en Caos. Alrededor, una mesa de diseño en forma de riñón contextualizaba la noche anterior: una botella de bourbon vencida y desangrada, un vaso de tubo hecho pedazos y, en el suelo, trozos de cristal dispersos por la alfombra gris de pelo alto. Se calzó antes de levantarse con el pie izquierdo (¿más?) y llevó la resaca hasta el baño, donde frotó y frotó con agua fría para espantarla; de allí, a la cocina, y vuelta al salón con la escoba y el recogedor. Barrió en silencio, si eso es posible, e ignoró los murmullos de su perra tras la puerta del dormitorio, que había elegido quedarse en la habitación durante la madrugada.

Dana: esa traidora.

De camino al recibidor, supo que la perdonaría antes de que hubiera amanecido del todo, y eso le reconfortó un poco. Al fin y al cabo, el defecto era siempre suyo y no de la perra que, como todos los perros, no son más que hijos del errar humano.

Tras enfundarse en el anorak, corrió los pestillos de la entrada y tiró del pomo con fuerza. La puerta se desplazó sobre las bisagras como la seda, y él sonrió orgulloso después de haberlas aceitado un martes cualquiera, haría dos o tres semanas. Fuera prendió un cigarro y, envuelto en un humo que se ocultaba entre la neblina propia del otoño, se acercó a Caos. Tenía la nariz congestionada y seca, pero percibió ese aroma propio del bosque en su jardín; un olor que no es vida, sino podredumbre muriendo bien, y atesoró, junto a un silencio cómplice, esa fragancia que ya siempre formaría parte de ambos. Lo encontró sobre los restos de la caseta, tiritando de frío, con el pelo chorreante de noche y las extremidades inútiles hasta que el sol se compadeciese de ellas. Julio le saludó con la cabeza; el perro reculó unos centímetros sin incorporarse. Se sentó junto a Caos en la hierba húmeda y observó alrededor por unos minutos, intentando transmitir algo con su mero estar ahí. En torno a ellos, árboles aún sin podar, suelos a medio desbrozar, madera de muchos inviernos que se había dejado vencer estación tras estación.

—Eso es lo que huele —sentenció Julio.

Caos observó aburrido el jardín, como si no fuera más que una escenografía de la que ya se ha estudiado cada palmo, y desmayó la cabeza contra la tierra. Tras varios meses, el animal seguía exhausto; incómodo ante cualquier presencia, excepto por la de Lena quizá.

Julio se obligó a colocar con inocencia la palma de su mano sobre la espalda del perro: este congeló sus movimientos, esperando un golpe, una patada o un insulto como único desenlace posible. Su cuerpo seguía siendo un amasijo de huesos, de costillas que enmarcaban una vida que no había sido buena: el cartílago de la oreja, destrozado; la trufa siempre sangrando; los codos repelados de esperar clemencia; el pelaje áspero y salpicado de ese gris de los que envejecen sobreviviendo. Su mirada, en cambio, era como lanzar piedras contra el mar: esos ojos parecían decirte que ya no había nada en el mundo que ese perro no pudiese soportar.

Julio sonrió triste, se quitó la chaqueta y la dejó encima de Caos; después se encaminó a la montaña que se abría tras su nueva vivienda y donde, a menudo, encontraba cabras y ovejas.

Se moría de frío.

Caminó rápido y furioso a través de las decenas y decenas de bancales que se abrían en su ascenso. No bajó el ritmo hasta empezar a sudar pese al frío; no bajó el ritmo hasta que los bancales se convirtieron en montaña, en camino, en naturaleza virgen. Sentía el frío en la garganta, en las manos y hasta en el vaho que producía su respiración, entrecortada, nerviosa, herida.

Echó la vista atrás unas cuantas veces y, por fin, apareció una panorámica frente a sus ojos.

El pueblo.

La carretera.

La sierra.

Aquello era el mayor privilegio que había encontrado en la isla: ¿qué hombre no había soñado alguna vez con intentar hacer suyas las montañas? Quizá pocos. Él desde niño, pero fue un niño extraño. Recordaba a los críos: locos por darle patadas a un balón, por enfrascarse en su siguiente lectura, por robarle un beso a las niñas… pero ¿locos por todo? Por saber, por probar, aprender, buscar, traspasar límites… De esos, no recordaba ninguno: en todo caso, se recordaba a sí mismo, o al niño que fue. Habría otros, claro que sí, ¿cómo no iba a haberlos?, pero ese día Julio se permitió un poco de egolatría.

Sin advertirlo, llegó a la gran roca que había en la cima de su montaña; a los lados, el pastor y los postes que ponían puertas al campo se habían dejado vencer por el viento, el ganado, el tiempo, pero seguían empeñados en marcar los límites del terreno, y lo mismo ocurría con los siguientes, a izquierda y derecha. Se escuchaban balidos lejanos, pero no fueron suficientes para mitigar la soledad que sentía.

Sentado en la misma piedra en la que muchos días descansaba acompañado de sus perros, con excepción de Caos, Julio razonó que nada podía continuar. ¿Así? No.

¿Y las culpas? Las culpas… a tomar por saco.

Allí arriba, envuelto en esa atmósfera que se empeñaban en rellenar el canto de los gorriones, los vencejos y hasta los jilgueros, que, de vez en cuando, se pavoneaban revoloteando entre los árboles cercanos, supo que le había cagado una y otra vez: que la empatía, en el culo; ¿comprensivo? Sí, cuando las cosas iban bien. Si faltaba la pasta, o había problemas de cualquier tipo —con la familia, los amigos, con uno de los animales—, o Lena cometía un fallo… erre que erre. Era superior a él, incluso cuando le daban la razón, seguía, y seguía, y no sabía dejarlo estar.

Gritó con el alma. Hasta quedarse sin voz. Hasta quedarse sin fuerzas. Delante, los pinos y los algarrobos que habían conquistado la cima ocultaban el pueblo y la sierra. Él también se sintió oculto y en el escondite que hubiera querido de niño, pero que tuvo de adulto, empezó a llorar en silencio, por sus errores, por tener que volver a Barcelona, por el fin de su matrimonio.

Tiritaba aún, quizá de frío, quizá de pena.

19

Desnudos en el carbón

Lena se durmió llorando. Esta vez, recordaba perfectamente en qué pensó antes de caer inconsciente sobre la almohada húmeda de lágrimas.

No me merezco esto.

Si me quisiera, no me haría sentir así.

Para qué quiero a alguien que me hace más mal que bien.

Lo peor de todo es que él le había dado la razón, el muy imbécil.

Pues cambia, joder.

Antes de acostarse, de la hora de la cena incluso, aunque después se les pasó a ambos, trató de dibujar, y de calmarse; intentó que el lápiz expresase aquello que ella no conseguía articular con palabras. La ansiedad encontró una válvula de escape, mitigó las punzadas sobre el estómago, la falta de aire, el ahogo, pero los dibujos asustaron a Julio, que los encontró en la mesa del comedor.

—¿Así te sientes? —preguntó de pie, con un hilo de voz. Parecía no atreverse a tocar ninguna de las hojas.

Ella miró sus dibujos: eran cuerpos de chicas jóvenes, de grandes pechos; los brazos y las piernas se parecían a los suyos, pero el rostro no existía en ninguno de los folios. Las cuatro hojas estaban repletas de figuras que conjeturaban

129

historias entre rayajos; poses que revelaban nervios, gritos, discusiones que se explicaban en la rigidez desnuda, en las manos cerradas en puños, en la derrota de las rodillas besando el suelo. El trazo de los no-rostros era incisivo, violento, contra un papel que apenas soportaba un arañazo más del carboncillo antes de rasgarse.

Asintió y no dijo más; algo avergonzada sin razón. Entonces, se refugió de nuevo en el dormitorio, buscando fuerzas para poner fin a aquello; enfadada, vulnerable, triste, pero sobre todo herida, por rozar la mano de su marido (antes de subir las escaleras) y no sentir deseo, ni intención, ni sentir nada. Después, volvería al piso de abajo, y explotaría todo; pero ya no quería volver a pensar en lo ocurrido, así que abrió la puerta, dejó salir a los perros de la habitación e intentó no pensar en absolutamente nada mientras se arreglaba y se vestía. Era su primer día festivo entre semana, y había decidido que no iba a malgastarlo: llamó a su madre.

—¿Te recojo y nos vamos a pasar el día a Palma?

Al otro lado de la línea:

—Vale. Estoy desayunando en el bar. —Se oía cómo su madre sorbía lo que Lena imaginó que sería un café con leche descafeinado.

—Llegaré hacia el mediodía —dijo Lena, y colgó.

No encontró a su marido en el jardín, ni se le ocurrió llamarle, pues el móvil seguía en la mesita de noche. Cogió las llaves del coche y agarró del colgador de la entrada una chaqueta negra con flores en las mangas. Dejó a los tres perros fuera, abrió la verja metálica, cerró con llave y se puso en marcha mientras Argos ladraba para intentar llamar su atención.

Un par de horas después, Lena y Margarita comían en el centro comercial de Porto Pi. Eran las tres, por lo que la mayoría de los turistas ya habían pagado sus respectivas cuentas y se habían escapado de la planta de restaurantes; ellas comenzaban ahora a devorar con hambre dos pizzas: una de cuatro quesos y otra romana con anchoas.

—A todo le pones anchoas tú —señaló Lena.

—Oye, para un capricho que tiene una.

Alrededor, la gente entraba y salía de las tiendas de ropa y complementos, había barullo, como siempre hay en estos sitios, pero poco, y un niño flacucho lloriqueaba para que sus padres le echasen otro euro al caballito tragamonedas. ¿Por qué les hacían las caras tan tristes a los bichos de las atracciones infantiles? ¿O solo se lo parecía a ella?

Silencio.

Lo rompió Margarita apartándole un mechón de pelo rizado de los ojos a su hija. Lena no se había alisado el flequillo.

—¿No van bien las cosas, hija?

—No va nada. Bueno, el trabajo, que ya es algo, pero ya sabes qué trabajos son y lo que pagan.

—¿Es por el perro? —preguntó su madre—. Piensa que hay días buenos y días no tan buenos.

—En parte. Sobre todo, es por Julio. También por el alquiler de repente —Levantó la copa de cerveza y se la enseñó a un camarero contrahecho y con ojos de besugo—. Otra, por favor.

—Tenéis que adaptaros: es un cambio grande, y ¿a quién tiene él aquí? Él no tiene a nadie. Lo del alquiler es una neura de tu padre, ya te lo dije. Lo hablaremos con calma y seguro que hay una forma: estos dos hombres no saben *de hacer* las cosas con mano izquierda…

Lena asintió mientras alargaba el brazo y recogía una copa de cerveza helada que le acercó el camarero.

—Siempre está diciendo que en Palma no hay esto o no hay lo otro: que en Barcelona había más cosas por hacer —bufó.

—Es su forma de no decir que aquí solo te tiene a ti, hija. Mira el otro —comentó Margarita, refiriéndose a Pedro—. Ahora va y sale con el alquiler, pero no te creas tú… Cien veces le he dicho de mirar de poner la casa en venta, y ahora se preocupa de que estamos perdiendo dinero entre la de Caimari y la del Arenal.

—No me hables de eso, que también ha sido… Lo cierto es que, por ahora, no creía que… No sé, la verdad. No sé si le pregunté al *paró*, pero pensábamos cubrir los impuestos, los gastos, dejar la casa bien: por si luego se vende.

—Ya, hija. Pero son unos cabezones. —Margarita sacó un espejo de bolso plateado de un bolsillo de su cazadora tejana y se retocó el carmín de los labios con la coquetería que los sesenta y tantos no le habían sabido robar.

—Y está lo de la niña —dijo Lena, de improviso.

Bajó la vista hacia el plato, ya vacío.

Suspiró.

Llegaron los cafés. Los platitos tintinearon contra la mesa de cristal.

—No lo habéis vuelto a hablar, ¿verdad?

—No hay nada que hablar, *marona* —murmuró Lena. Las palabras se confundían bajo el runrún de las voces que llenaban el centro comercial.

Margarita alargó la mano y entrelazó sus dedos con los de su hija. Lena se echó a llorar. A la espalda, el sol de la media tarde oscureció sus facciones y las lágrimas se precipitaron como llovizna sobre la mesa y el plato que nadie se atrevió a retirar. Margarita quedó callada, acariciando las manos de su única hija y sonriéndole cómplice.

—¿Vamos al cine? —preguntó Lena después.

—Desde *Titanic* que no voy.

—No eres tú de ver las pelis en pantalla grande, no.

—Ya saldrá en la tele.

Pagaron la cuenta y fueron de tiendas: a Lena le sirvió para distraerse entre mangos, zaras, y hache y emes; ¿su madre? Su madre sobre todo escuchó (es lo que hacen las madres), y Lena se sinceró con ella todo lo que pudo. Después dejaron el tema de aquella niña que nunca fue, rieron, hablaron de cotilleos, de lo que pasaba y a quién y Margarita quedó en su casa del Arenal.

Lena subió conduciendo, sin prisas, e incluso se detuvo a medio camino, para hacer tiempo, para retrasar su llegada, para retrasar otro fin. En el Ford, por la secundaria que conecta Lloseta, Biniamar y Selva, condujo malgastando gasoil, pensando en sus cosas hasta el atardecer, y cuando el cielo se pintó de rojos y amarillos y las pupilas luchaban, fútilmente, por adaptarse más rápido a la penumbra, aparcó debajo del puente que subía hasta la última casa del pueblo, la suya, y vio a algunas viejas cuchicheando en mallorquín mientras Julio reía a lo lejos, los perros corrían y ladraban felices, y Caos los perseguía, patizambo, en un juego privado al que Lena deseó con todas sus fuerzas haber sido invitada.

Lena no entró. Se imaginó allí en la distancia. Se imaginó alcanzar la verja metálica, tirar del pomo, saludar, aparecer. Lo imaginó una docena de veces, y negó con la cabeza tras cada imagen, tras cada idea, tras cada emoción que quería que el mundo generase a continuación. Le vencieron las dudas, el romper el espejismo, las risas, el agua de la manguera con la que Julio perseguía a Argos, que ladraba, a Dana, quien daba vueltas a su alrededor, y a Caos, quien merecía eso, y más; y también Julio lo merecía.

Ella le había visto sentado en la hierba húmeda del otoño, en las puertas que se entreabrían con cuidado, y las mantas térmicas, y las esterillas con las que se empeñaba en forrar la caseta, y en todo lo que uno podía ver si miraba bien a Julio cuando se sentaba junto al mestizo; en los susurros cómplices, las manos que luchaban por ser manos, y no las armas de otro, los ojos vidriosos, y la paciencia cultivada tras cada despertar y nueva noche.

Por todo eso, y más que no sabía expresar, Lena esperó a que terminasen de jugar, a que se remojasen hasta el hartazgo, y, hasta que, por fin, se sentasen en el suelo de piedra de la terraza. Mientras las ancianas, desde la distancia, criticaban el griterío, Lena alcanzó la puerta de la verja y entró. Julio estaba tumbado en el suelo, y Argos y Dana, calados de la cabeza a la cola, le atacaban con lamidos certeros de los que intentaba zafarse entre sonrisa y sonrisa; Caos jadeaba, parecía feliz, medio oculto bajo una gran toalla roja que estaba utilizando Julio para secarle.

—Hola —saludó Julio, sin incorporarse.

—¿Sigues…?

Él negó (en la cara una sonrisa triste, de esas que no se pueden fingir, de las que no siempre quedan bien) y entró a vestirse después de secar a los perros con otra toalla que se fue con él. Lena tardó un buen rato en entrar en la casa (se le hizo de noche) y, cuando cruzó la puerta, encontró la mesa puesta y a Julio preparando un revuelto de setas y espárragos en la cocina.

Advirtiendo su presencia, aún de espaldas, su marido dijo:

—Me gustaría que hablásemos de todo, pero con calma.

—¿Te vas a ir? —preguntó Lena.

Pero Julio no contestó. La sartén crepitaba al fuego mientras las setas empezaban a achicharrarse y la cocina se saturaba de olor a quemado.

Lena no dijo más. Subió a cambiarse, convencida de que hay cosas peores que unas setas quemadas para cenar.

20

Lo que no arregla el alcohol

Julio sorbió del vaso de *gintonic*. Sentía los ojos de su mujer buscando respuestas en los suyos. Sentados frente a frente, alrededor de la mesa de plástico cuarteado de la terraza, dejaban que los largos silencios se extendiesen ante el miedo atávico a escoger bien la próxima palabra. Se daba eso tan típico de las parejas que ya ni saben lo que son, que debaten sobre sus propios sentimientos como si lo hiciesen del estado de la nación, dudando qué se esconde tras las palabras pronunciadas. Solo quedaba una mecha demasiado corta, una explosión inminente, una prueba de amor constante.

Los perros —Argos y Dana, pero no Caos— dormían a los pies, disfrutando del silencio nocturno, rehuyendo la luz de exterior que, desde la entrada, alumbraba la verja metálica. De vez en cuando, ante los ladridos que se oían a lo lejos, Argos saltaba y respondía al griterío con un par de gruñidos.

—Desde lo de mi padre, todo mal, *peque* —dijo Julio—. Tengo muchos contrapuestos.

—Con el alcohol no lo arreglas.

Julio miró el vaso de cubata.

—Me lo has puesto tú.

—No digo ahora, ni con uno, ya me entiendes.

Y Julio lo entendía.

Lena apenas había conocido a su suegro. Cuando empezaron de novios, el hombre ya era una sombra de sí mismo: enfermo terminal de cáncer, malviviendo entre cuidados intensivos, de casa al hospital cada dos por tres y luego, en las últimas, que ya no era persona ni era nada. Antes, la relación entre padre e hijo no podía haber sido menos relación, repleta de precauciones que se vestían, a menudo, de exigencias y burla por los estudios, por el trabajo escogido, por los anhelos periodísticos; y, después..., después el mundo se había empeñado en darle la razón al viejo.

—Eso es cierto, vale; y tú siempre me habías ayudado, pero, de un tiempo a esta parte, nada funciona. —Levantó la copa. —Excepto esto.

—Eso tampoco. Y lo estás viendo, coño —replicó ella, enfadada.

—Ya lo sé, *peque*. Pero ¡joder! La crisis, el cargar cajas, los estudios y los másteres, y la madre que los parió, y hasta la familia... Y no solo la mía, ¿eh? ¿Y para qué ha servido?

—Siempre ha estado todo eso, y nos iba bien.

—Y la niña. Y...

—Y que, a veces, yo también tengo lo mío, ¿no?

Julio sonrió, achispado.

—Lo has dicho tú.

Lena se levantó de la silla y caminó hasta el portón de la entrada. Acarició con delicadeza los goznes metálicos claveteados en la madera, deslizó la mano hacia el tabique interior y apagó la luz de exterior que guardaba un farol negro de pared. Las polillas despertaron de su sueño de luz y volaron hacia la noche, buscando otro punto al que aferrarse con fanatismo.

—Yo —dijo Julio— echaré de menos la noche, la noche de verdad: ver las estrellas en esta oscuridad que los que siempre han vivido en la ciudad no conocen; ver sin contaminación, sin ruido; ver sin luz.

Lena volvió a la silla blanca de plástico y dejó que sus pupilas reflejasen el blanco roto que vestía el domingo en el que se casaron en una masía de Gerona. Él cerró los ojos un instante, y olió las hebras de hierba recién cortadas, las tejas anaranjadas, las paredes de piedra que ocultaban la figura de su futura esposa, pero de las que escapaba la fragancia que la definía: ¿el nombre?, ¿la marca? Julio recordaba que olía a orquídeas, a madera, y a contraposición: a fresco, con una base amarga; también los tacones, enterrándose en el suelo con determinación y la cola del vestido, bailando con un suave zigzagueo hipnótico que los condujo hasta el arco de flores que hacía las veces de altar.

Las palabras previas, el silencio, el recuerdo, todo le hizo creer que su mujer sabía sus intenciones. No había otra salida. A partir de mañana, sus caminos iban a separarse por siempre. Julio terminaría por vivir en el recuerdo de Lena. Lena viviría por siempre en los recuerdos de Julio. Julio volvería a Barcelona, a su trabajo de estibador, y, esta vez, a una casa —cualquiera— que nunca más sería un hogar.

—El silencio —contestó ella—. Ser la dueña de muchos, muchos momentos de silencio.

Julio todavía no lo había advertido, pero Caos se incorporó, y se acercó dando bandazos hasta la terraza de piedra donde la pareja lanzaba palabras que ya nunca más serían secretos.

—Trabajar con las manos.

—Vivir rodeados de agua.

—A ti.

Silencio.

—A ti.

Caos cabeceó con la trufa descascarillada contra la pierna de Julio. Le dejó saber que estaba ahí. Repiqueteó con las patas mientras giraba hacia Lena, la miró, bostezó y se dejó caer contra el suelo, indeciso entre el sueño y la duermevela.

—Es la primera vez que se acerca él a nosotros.

Lena asintió.

—Quizá nosotros también necesitamos una segunda oportunidad —añadió ella, y le acercó una de sus manos, la izquierda.

Julio la acarició. Era suave, femenina, y vestía el anillo de oro blanco por el que surcaba una fina línea que se cerraba sobre sí misma. Esa línea fue la razón por la que ambos escogieron aquellas alianzas.

Pensó en ello un segundo, sin compartirlo.

Pensó en todo el encanto que transmitía la mano de su mujer en la semioscuridad. En toda la belleza que era bella por la decisión que imprimía en sus movimientos, por la nueva realidad que transmitía, y que no podían afear ni tan siquiera las uñas maltratadas a mordiscos. No dijo nada, solo sonrió por un buen rato. Sus ojos imitaron a los de su mujer, y se perdieron en la figura de aquel mestizo que ahora roncaba entre ellos dos.

21

No han nacido para ser lluvia

Olía fuerte a humedad, humedad que se adhería en las ventanas de aquella casa con un lagrimeo de esos que no han nacido para ser lluvia. En la terraza de piedra, Caos se revolvía a los pies de Lena y Julio en un profundo e intranquilo sueño. A cada rato movía sus patas bajo la mesa de exterior, intentando huir hacia la vigilia, pero, aunque esos dos lo hubieran percibido, ni uno ni el otro podrían haber resuelto si tenía una pesadilla o si todas sus noches estaban plagadas de recuerdos dolorosos.

El perro despertó mientras crepitaban unas llamas tenues sobre la parrilla de metal. Alguien había espantado las nubes hacia otras latitudes y, después, con cuatro brochazos coloreó el cielo de rojos y de naranjas.

Julio, ahora de pie, volvía del interior (Caos no vio cuándo se había ido, la verdad) y traía un par de mantas y una chaqueta para combatir esa noche que los acercaba al primer sol de octubre. El mestizo se incorporó bajo un manto de caricias sinceras y estiró su espalda herida, acercándola todo lo posible hacia el calor de las llamas; volvió a tumbarse más cerca del fuego y, sobre él, cayó una de esas mantas, que, durante un rato, le protegió de escalofríos y del aire espeso que se había vuelto neblina.

141

Después, tomo asiento.

—No puede pasar el invierno fuera —comentó Julio.

Lena, envuelta en la otra manta de lana gruesa, se revolvía junto al fuego, intentando no rendirse al sueño que le había negado la noche.

—No, no puede dormir fuera —contestó con un débil murmullo que anunciaba su derrota.

En algún momento de la madrugada, empujados por la fuerza de la costumbre, Dana y Argos habían desaparecido, pero ahora la pastor alemán asomaba la cabeza por el portón de la entrada, como si no entendiera por qué demonios seguían ahí. Julio volvió a incorporarse, despacio. Dana rastreó sus pasos hacia el interior.

Caos los observó alejarse en un silencio que solo rompía el gorjeo perezoso de un chotacabras: buscó al pájaro desde su posición (tarea costosa por el gris incrustado en sus viejas pupilas) y lo ubicó tras los ciruelos, en la tierra mojada junto al lecho de aquella riera que limitaba con el jardín delantero.

Volvió Julio, se sentó por tercera vez en la silla con una cerveza helada; sorbía en silencio y empezó a hablar, aun a sabiendas de que no encontraría ningún interlocutor válido:

—Todo puede reconstruirse. Tu caseta, para empezar; pero también nuestras vidas. La suya —dijo mirando hacia su mujer—, la nuestra. Encontraremos el modo, colega. Ya lo verás.

Era evidente que Caos no entendía una palabra, pero entendía. No sabía qué demonios se proponía aquel treintañero imbécil que bebía una lata de cerveza mientras el mundo dormía, pero sabía. Y sabía porque hay cosas que no necesitan de palabras, solo de gestos, de acciones, y de hechos. Caos no sabía nada sobre lo que Julio se proponía, pero leía cada movimiento impregnado de determinación por el cambio, porque Caos, como todos los perros, era un maestro en eso de leer a los humanos.

Lena se despertó entre ladridos: medio acurrucada contra una silla de jardín, las piernas encima de la mesa. Le dolía la parte baja de la espalda y tenía la garganta seca y la respiración pesada. Esto último lo achacó al fuego y a la ceniza, aunque la parrilla estaba lejos ahora. Ya incorporada, buscó el porqué del alboroto mientras se despegaba las legañas: su vecino Toni jugueteaba con Argos y Dana desde el otro lado de la verja metálica que daba a la calle; Caos había vuelto a la caseta. El sol apuntaba alto.

—*Ep, nina! T'has aixecat d'hora?* —preguntó el vecino en mallorquín con una risita que le sacudió la papada.

Lena se frotó los ojos; también se sentía algo congestionada, pero eso no iba a poder deshacer el alivio de la noche anterior. Sonrió al vecino, le contestó con un par de monosílabos y entró en la casa. Los perros la siguieron: excepto Caos, claro. Llamó a voces a su marido, pero ni rastro de Julio. Se dirigió directa al colgador de llaves que habían colocado en la pared del vestíbulo, encima de un paragüero huérfano de paraguas. Eran tres perchas de colores que simulaban culos de perros: estaban las otras llaves de la casa en uno de los culos, las llaves de la caseta de las herramientas en otro, pero no las del Ford.

—Ha salido —murmuró, señalando lo evidente.

De camino a la cocina, encontró sus dibujos en la mesa del comedor. Los borrones por cabeza estaban cubiertos por fotografías antiguas de los dos: había miradas de felicidad, o sorpresa, sonrisas sinceras, y abrazos, y besos, y días felices que ella y él habían sepultado en la rutina.

—Qué idiota, no le pegan nada estas cosas…

Junto a las fotografías, encontró una nota:

Lena:

He salido a comprar material para arreglar la caseta del perro. También tengo que ir a por unas cuantas cosas para el jardín. Traeré comida, no hace falta que prepares nada.

Era mediodía. Hizo café, salió a beberlo fuera y jugó con los perros un buen rato, porque era sábado y no tenía ni ganas ni forma de irse muy lejos. Luego llegó Julio y subió el coche por la rampa de hormigón de fuera con la misma poca pericia con la que lo hacía siempre. En ese momento, no se le ocurrió una forma mejor de empezar el fin de semana.

22

Briznas de indecisión

El maletero en gris quedó a escasos centímetros de la verja. Julio lo abrió y se fijó en unas muescas cerca del guardabarros: alguien le había dado un golpe y la pintura había saltado.

—Tú aguanta —le dijo al coche—, que tampoco tengo pasta para cambiarte por un Mercedes, ¿eh?

Saludó a su mujer con un beso en los labios. No sintió magia, pero las grietas de una relación necesitan más de una noche al raso para unirse de nuevo. Ambos lo sabían.

La cara de Lena era un poema: el maletero volvía hasta arriba de trastos. Julio agarró un saco grande con instrucciones impresas en la tela que advertían de su contenido: una tienda de campaña, varias mantas térmicas, una bolsa de piquetas, dos sacos de dormir, cuatro…, no, ¡cinco esterillas!, un par de almohadas de viaje, y algunas maderas. No fue hasta que casi lo había descargado todo cuando Lena cogió una de las esterillas plateadas, totalmente desconcertada.

—Te ha faltado el camping gas —dijo, entre el asombro y la burla—. ¿Dónde se supone que nos vamos a acampar?

—En el jardín —contestó Julio, con una gran sonrisa en la cara.

Entró en el zaguán, cogió las llaves de la caseta de las herramientas, abrió la puerta de esta y agarró una maza, un

145

martillo y un cubo repleto de clavos y rollos de cinta americana que esperaban por ahí dentro. Julio lo bajó todo hasta la caseta de Caos y levantó la vieja manta que hacía las veces de techo. El mestizo se separó un par de metros, con los ojos puestos en las herramientas.

—Bueno, así mejor. Dame un rato, colega, que hoy vas a estrenar casa nueva.

Ella seguía pasmada junto a la verja.

Lena estaba en casa de sus padres. Había ido a comer aprovechando un trámite que debía resolver en el ayuntamiento de Palma. Y ya comían, sentados alrededor de esa mesa imperecedera alrededor de la que había crecido, hecho los deberes después del colegio y comido el noventa y nueve por ciento de los días que vivió en el Arenal. Pedro y Margarita la miraban estupefactos, tratando de comprender lo que su hija acababa de pronunciar.

—Estamos durmiendo en el jardín —repitió.

—En una tienda de campaña —agregó Pedro, desconcertado.

Lena siguió masticando, la mirada perdida en el plato de macarrones con tomate bajo un Everest de parmesano rallado.

Su padre sorbió un buen trago de vino.

Margarita preguntó:

—¿Pero hasta cuándo?

—Hasta que Caos duerma dentro de casa —contestó Lena. En su propia risa descubrió briznas de indecisión, pero también cierta comicidad.

Pedro se levantó de la silla y cogió la garrafa de vino, relegada a una esquina de la cocina, cerca había una escoba asida al recogedor.

—Todavía queda vino, Pedro. —Margarita meneó una botella de plástico que rellenaban unas cuantas veces de la garrafa antes de cambiarla: quedaba un tercio.

—Hoy, necesito más.

Lena se acarició el flequillo rubio, su madre la imitó. Sabía que su padre estaba callando cosas y que, por esto, sería su madre quien preguntaría de nuevo.

—¿Y tú lo ves normal, hija? —interpeló Margarita.

Lena rio, fuerte.

—Lo cierto es que al principio me pareció una locura. Pero ¿quién sabe? Justo antes de todo esto, estuve a punto de pedirle que se fuera, y creo que él pretendía hacer lo mismo. Llevamos tres días durmiendo en el jardín y no podemos estar mejor.

Y agregó:

—Sonará estúpido, pero, en parte, creo que lo que está intentando que entre en la casa no solo es el perro. Ya sabéis cómo es.

—Ya, hija, pero ¿qué dirán los vecinos si os ven durmiendo al raso?

—A los vecinos que les den —exclamó Pedro.

Terminaron los macarrones, comieron yogur de postre y Lena volcó un vaso de vino en el hule, manchando de rojo la impresión de libros que se repetía cada sesenta o setenta centímetros a lo largo y ancho.

—Bueno, si vosotros estáis bien, nosotros estamos bien —dijo Margarita, algo achispada tras la comida—. Ojalá que sirva para cerrar viejas heridas, como lo de la niña.

—¿Pero de qué niña habláis siempre?

—¡Pedro, tú es que no te enteras nunca de nada!

Lena se levantó a preparar café en el único fogón libre que su padre había dejado entre ollas y sartenes con comida: ya le había insistido seis o siete veces en que se subiese algunos *tuppers* al pueblo, así que ella no dijo nada para no volver a sacar el tema.

—Todavía tenemos que hablar de lo del alquiler —comentó Lena, paleando el café en el filtro de la cafetera—. Lo he hablado con Julio y me ha dicho que lo que vosotros veáis estará bien.

—Bueno, olvidaros —dijo Pedro—. Al fin y al cabo, tu madre tiene razón: vais a mantener la casa y todo ese rollo.

—*Paró...* De eso nada. Caimari podría estar alquilada, y lo sabéis. No vamos a vivir de gorra, y estamos trabajando los dos.

—Bueno, pues los gastos y los impuestos, hija. ¡O una parte! Ya se verá. Olvídate, que tienes otras cosas en que pensar, como el viejales.

Lena sirvió el café, lo que dio a todos una excusa para el interludio. Aun así, a Pedro le venció la curiosidad:

—Hija, cuéntame de una vez qué es eso de la niña.

Margarita no tomaba nunca café después de comer, así que tuvo tiempo más que de sobra para repetírselo a su marido:

—¡Si es que no te enteras nunca de nada, Palau!

Lena pasó la tarde en el Arenal y se lo explicó todo con calma. Era cuatro de octubre y empezaba a hacer frío. Volvió a casa disfrutando del climatizador de la berlina y se encontró con un fuego en un cubo metálico en el jardín, y también con un par de vecinos con la cara colmada de preguntas; ella se dio el gusto de no responder a ninguna.

23
Gorilas en la niebla

No ocurrió como en las películas: no fue de un día para el otro, y llegó un punto en el que Julio empezó a dudar sobre si los avances del perro no eran más que un espejismo fruto del deseo.

Dormían fuera, con abrigo, manta y gorro. Quemaban madera bien seca, de roble o de encina, para que las brasas del cubo, que hacía las veces de estufa, se mantuviesen irradiando calor el máximo tiempo posible.

Por lo demás, su vida seguía siendo tan normal como lo había sido hasta entonces. Lena se levantaba, entraba en casa, se duchaba y se vestía; Julio casi siempre preparaba la cafetera (pues tenía mano para el café) y, luego, ambos se iban a trabajar a sus respectivos empleos. Ella empezaba en enero a jornada completa, él había conseguido meter el pie en la oficina del Últimas Noticias y bajaba los viernes a la redacción de Inca, que cubría los sucesos de la *Part Forana* (vamos, todo lo que no es Palma de Mallorca).

Los días en los que Julio no salía con Toni, y algunos más que ya le podía dedicar al diario, prefería trabajar en el jardín, con los perros y, cuando ahorró cuatro duros, los invirtió en un ordenador portátil cuya obsesión era mantener siempre con la batería a tope.

Los días de lluvia, que ese año llegaron pronto, aunque dispersos, gravitaba entre la habitación que había acondicionado como despacho (dentro, un escritorio MALM, cuatro librerías BILLY, un cuadro del Golden Gate colgado en la pared y otras pijadas suecas), a mano izquierda del comedor, y el porche bajo el horno de leña, donde la lluvia repiqueteaba contra la parte de la mesa de plástico que no entraba a cubierto. Allí, junto a Argos y Dana, Julio miraba a Caos, quien escondía su cabeza en el interior de la caseta, y un par de veces se había metido a hurgar en la tienda de campaña y lo había llenado todo de barro.

Después, Lena:

—¿Y tú vas y le dejas o qué? —decía.

—¿Qué voy a hacer? ¿Reñirle y asustarle? He ido corriendo a sacarle de ahí captando su atención… ¡con los *frankfurt*!

—Mira tú, el mago de la salchicha.

Esa era parte de la estrategia de la pareja: las comidas deliciosas se le daban a Caos —y al resto de aprovechados— cada día un poco más y más cerca de la casa. Intentando que el perro llegase al porche, entrase en el vestíbulo, alcanzase el comedor, cruzase la puerta del despacho…

Uno de esos días, entre octubre y noviembre, Julio se cansó, e intentó llevar al perro dentro a la fuerza, acompañando sus pasos más que empujándole. Entonces, retrocedieron lo poco que habían avanzado. Lena no fue muy dura, y él prometió que no volvería a correr. La imagen del mestizo asustado, temblando, escapándose de sus miradas furtivas durante dos largos días se lo recordaron una buena temporada.

Se le grabó a fuego: con Caos, no se puede correr.

Era el primer día de invierno, veintidós de diciembre, y a Julio se le congelaban las putas manos mientras tecleaba en el portátil la sinopsis de un artículo sobre el turismo de la comunidad autónoma: el Grupo Balear de Ornitología y Defensa de la Naturaleza proponía modificar el modelo para favorecer un crecimiento más sostenible y respetuoso con el medio.

—Se va a hundir la isla de tanto hotel —gruñó Julio, sentado con las piernas entrecruzadas junto a Caos.

Pensaba, acariciaba al mestizo en el hocico, pulsaba teclas; le manoseaba el lomo, leía en voz alta, sobeteaba por aquí y por allá. Lo hacía con suavidad y sin prisas, recordando todos y cada uno de los gestos que hubieran asustado a su perro pocos meses antes. Terminó el artículo, entró en la casa, salió con una taza de café. Volvió a sentarse.

Tras el café, le dio a Caos la mitad de su ración diaria de comida, que consistía en salchichas, carne y pienso en salsa; lo hizo con calma, magnificando cada paso que Caos daba hasta la casa y llegando, ya sin problemas, hasta el vestíbulo, donde el mestizo terminó de comer la ración.

Julio aguantaba el cuenco en alto, pues la lesión de columna del perro le dificultaba bajar la cabeza a ras de suelo.

Cuando Caos terminó de comer, Julio sacó un cigarrillo magullado y lo encendió con la ayuda de un Clipper; Caos se sentó en el suelo de piedra, muy cerca de él, y le miró con ojos cómplices, de esos que el perro no debía saber que existían en el gris de su retina hasta que aparecieron dos imbéciles con una tienda de campaña.

Pasó el día. A media tarde, llegó Lena con un par de pizzas y los perros cenaron extra. La pareja devoró su ración semanal de comida basura con hambre, sin hablar demasiado, y vieron una película en el jardín. En la pequeña pantalla del ordenador portátil, Sigourney Weaver se embarcaba en una aventura en Ruanda para censar a los gorilas de montaña: ¡pobre Dian!, ¡y pobre Digit!

Tras los créditos, Julio cerró el portátil y, en la oscuridad, le dijo a Lena:

—Me ha gustado la película.

—Y a mí —contestó ella, arrullándose contra su marido dentro del saco de dormir.

Lo que no le dijo Julio a Lena es que, después de ver esa película, se sentía menos idiota por estar en una tienda de campaña, a metro y medio de una pequeña hoguera en un cubo de metal, con Caos en su caseta, y los perros tapados, y cohabitando en los escasos tres o cuatro metros cuadrados de la tienda.

—Ojalá lo nuestro acabe bien —susurró él, con la cabeza asomando por encima de la manta térmica que cubría el saco.

Pero, esa noche, Lena se había dormido antes.

24

De los matasuegras, ni rastro

Lena se desperezó con dificultad. Estaba destemplada. Sentía por todo el cuerpo un escalofrío que relacionó con la humedad condensada de la noche, ¡y encima la película le había robado horas de sueño! Eso sí, qué película.

Abrió los ojos y distinguió, entre borrones, la luz que se filtraba entre las fibras del poliéster de la tienda de campaña. Sacó un brazo del saco, corrió la cremallera hacia abajo y se deshizo de la manta térmica con la que se envolvían; una vez recuperada cierta libertad de movimientos sacudió a Julio para despertarle: cuando él tenía que madrugar… vaya escándalo armaba, pero a la inversa se relativizaba el tiempo mogollón: ¡qué rabia le daba eso!

Gateó medio metro escaso.

Julio refunfuñaba aferrándose al sueño y Lena le sacudió dos patadas mientras descorría la cremallera que hacía las veces de puerta de la tienda.

Al sacar fuera la cabeza, los ojos se le fueron por instinto hacia la caseta y, entonces, ocurrió: fue como en los viejos documentales del *National Geographic*, cuando la secuencia llega al momento justo de tensión, al clímax. Caos no estaba allí, sino que se dirigía hacia el bebedero para perros que había a la izquierda del vestíbulo.

Alrededor, silencio total.

La puerta de la vivienda estaba entreabierta, como siempre que no llovía, y un tronco delante, a modo de calzo, impedía que el aire la cerrase.

Lena supo que tenía que avisar a su marido para que presenciara ese momento, pero no pudo. Se le congeló la mirada frente a la imagen que tenía delante de los ojos: Caos bebía y bebía en el vestíbulo y, una vez pareció que había saciado la sed, se paseó por el comedor hasta el punto en que Lena lo perdió de vista desde el jardín; sin moverse un ápice, ella buscó a Julio con uno de sus pies, pero no lo encontró. Caos volvió al bebedero, dio un par de lengüetazos más y salió a la terraza a tumbarse bajo los rayos de sol que se perdían en el granito.

—¿Qué pasa? —preguntó Julio, confuso.

—Ha entrado a beber. ¡Ha entrado! —exclamó Lena. Su sonrisa decía más de lo que podía decirse.

—No jodas. ¿Ha entrado?

Ella asintió, agitada.

—Lo estamos consiguiendo, peque.

¡Y vaya! Esa mañana, cuando Lena cruzó la puerta de la vivienda, Caos la siguió al interior. Julio se frotó los ojos, incrédulo; el mestizo empezó a oler por aquí y por allá. Se movió bajo la mesa del comedor, se chocó con las sillas, tanteó los tres escalones que lo separaban de la cocina, la estufa de leña…

—Ojo, no se asuste con algo —repetía Lena.

—Actúa con normalidad, actúa normal. —Julio, de los nervios.

Caos se repanchingó tras las sillas del comedor y les observó desayunar. Esa mañana, después de mucho tiempo, tomaron café en el comedor, en una mesa de verdad, y lo hicieron con una atención caricaturesca por cada una de sus acciones. Después, cuando Lena se decidió a ducharse, mucho más tarde de lo que debía haberlo hecho, Caos todavía bostezaba y se desperezaba en el suelo del comedor. Al salir del cuarto de baño, Julio le informó que estaba fuera, pero que había vuelto a entrar un par de veces, antes de cansarse y largarse a dormir al jardín con los otros dos perros.

—No tardará en volver a entrar —afirmó Lena, categórica.

—Claro que no. ¿No llegas tarde, *peque*? —Julio le enseñó la hora en el teléfono. Eran casi las nueve.

—Sí, pero hoy lo entenderán seguro. ¡Lo hemos bordado!

¿Y sabes qué? No lo entendieron: ni en la oficina de Lena, ni tampoco Toni, que aún tuvo que esperar a Julio diez o quince minutos con la furgoneta aparcada al final de la calle. O eso le dijo su marido por la tarde, cuando Lena volvió a toda mecha para ver si Caos volvía a entrar en casa, llevándose un chasco que trató de cambiarle el humor, sin éxito.

Las navidades todavía las pasaron en el jardín, invitando a los padres de Lena a cenar en Nochebuena, hasta el Arenal en Navidad y san Esteban, y juntándose bajo la oscuridad más serena que ofrecía Caimari para celebrar la entrada del Año Nuevo.

Lena sabía que los caracteres de su padre y Julio no solían chocar —algo que ella agradecía—, y menos en fiestas, donde el champán y la ausencia de petardos ofrecieron una Nochevieja tranquila, con Caos y los perros entrando y saliendo de la casa, devorando alguna que otra uva y correteando entre el comedor y la terraza. Si a alguien le importó estar a dos o tres grados con la puerta abierta, hizo mutis y se sirvió otra copa de vino, orujo o champán.

Solo hubo una excepción ese año, los matasuegras, que a la única suegra que pululaba por allí —su madre— bien que le gustaban, pero que imaginaron que asustarían al mestizo; tan en serio se lo tomó Lena, que, durante los primeros días de fiesta, fue puerta por puerta y regaló un pequeño surtido con dos barras de turrón, una botella de vino y otra de champán a todas las casas hasta el final de la calle. Con Toni, que era el más peligroso de todos, habló Julio, y aprovechó la cercanía que ya les unía tras ese primer año para convencerle de que no hiciera el cabra en la puerta.

A lo lejos, se vieron juegos de luces contra el cielo estrellado en la madrugada. De los matasuegras, ni rastro.

Esa noche comieron más de la cuenta, bebieron más de la cuenta y hasta rieron más de la cuenta, si eso es posible, y por todo esto, no sintieron tanto frío dentro como el que hacía fuera. Con la estufa de metal ardiendo en el comedor por cuantas horas duró la madrugada, y una parrilla que suegro y yerno se negaban a dejar descansar entre brasas y un par de troncos a cada rato.

Disfrutaban de un ron bien dulce mezclado con un café a deshoras. Sonaba a lo lejos el campanario y daban las tres o las cuatro, quién sabe.

—Y cuando entre del todo ¿qué, *nins*? —preguntó Pedro, con un purillo que él mismo se había obsequiado por un año más.

Lena se acercó hasta la mesa de plástico blanca, cogió la botella de champán y sirvió a todos; después, contestó:

—Pues lo primero comprar un colchón, o una cama para perros, que así se lo empezará a pensar mucho eso de quedarse aquí fuera.

—*Idò*. Mejor se le ve.

—Eso tenía que haberlo grabado —se burló Julio, sentado en el escalón de piedra bajo el portón.

Margarita asomó por el quicio del portón, fumando negro por el olor; Julio hizo ademán de levantarse, pero ella le puso la mano en un hombro, negando, y siguió fumando ni dentro ni fuera. Caos, junto a ellos, mordisqueaba el cogote de la perra, que iba y venía tirándose aquí y allá, y Argos volvía corriendo de pegarse una meada en un ciruelo y llevarse un grito ahogado de Pedro.

—¿El perro ya no tiene ganas de morirse, *paró*?

—Creo que no.

25

Donde había dormido tantísimas noches

El frío tardó en decidirse a marchar: se estiró hasta marzo. Un par de semanas antes, la familia de Julio llamó para anunciar su visita. Se había pospuesto un par de veces ya, así que la noticia llegó mientras él mezclaba sentimientos de emoción y sorpresa pegado al móvil. Había salido a hablar por teléfono al jardín para no molestar a Lena, quien estaba encerrada en el estudio coloreando uno de sus dibujos con crayones. Caos trataba de dormir estirado en el suelo de la terraza, ladrando al alboroto que los otros dos perros hacían a su alrededor: Argos y Dana corrían, saltaban, mordisqueaban un trozo de esparto deshilachado desde lados opuestos.

—Dejad de *empreñar* a Caos, ¡hostia! —gritó Julio alejando la verborrea incansable de su madre al otro lado.

—¿Me escuchas, hijo? —decía el móvil.

—Sí, mama. Pero ¿quién venís?, ¿todos?

—Sí, sí —confirmó su madre al otro lado de la línea—. ¡Que no nos vemos desde junio o julio del año pasado! Has conseguido que hasta tu hermano, Carlos, coja un avión para ir a verte.

—Raro me parecerá.

—Oye, me llamaron vuestros antiguos caseros: que al final no has venido a firmar la rescisión del contrato, o eso dijeron.

—Intenté quedar con ellos cuando fui por los temas de la nómina que tenía que cerrar con el subnormal de Pérez, pero no hubo cojones.

—¡Esa boca! —reprendió su madre.

—¡Joder, mama! ¡Que tengo treinta y dos años!

—Pues eso, que empieces a hablar bien, *que vas tarde.*

Julio suspiró.

—Te decía que intenté quedar con ellos, pero todo fueron problemas. Les dejé las llaves antes de irnos, y cambié lo del agua y la luz tras sangre, sudor y lágrimas: solo es ir a firmar dos papeles, si no lo complican.

—Podríais venir para Semana Santa y los firmáis.

Julio cogió una silla de plástico, se sentó. Estiró las piernas contra la baranda con barrotes negros que esperaban pacientes por una mano de pintura y se quedó embelesado mirando a Caos, perdiéndose entre los planes que su madre estaba haciendo para ellos desde un piso del centro de Barcelona.

—¿Y el perro qué? —preguntó la mujer.

—¿Cuál?

—El viejo, el que no conocemos aún.

—Pues bien. Ya hemos conseguido que duerma dentro tras varios meses de sufrimiento: casi todo el invierno lo ha pasado en casa, y ahora tiene un colchón en el despacho donde están los ordenadores y los libros.

—¿Viscoelástico?

—¿Qué?

—¿Un colchón viscoelástico has dicho, hijo?

—Mama, un colchón viscoelástico no lo tengo yo.

—Ah, bueno. ¿Y os ha costado mucho? Era miedoso dijiste, ¿no?

Julio pensó en los meses durmiendo en una tienda de campaña, las discusiones, el cargarse de paciencia, de luchar contra miedos y enemigos invisibles; el coste de la medicación y, ahora, el forjar confianzas, el seguir desenquistando lo enquistado…

Dormía Caos, en la piedra caliente al sol y, de algún modo, pese a las continuas luchas, a Julio le pareció que todo había valido la pena. E igual que tantas otras veces, no le habló de la tienda de campaña, ni del dinero, o de las discusiones con Lena que, día a día, se habían convertido en humo que se diseminaba en el cielo negro de las largas noches de invierno, mientras ellos se abrazaban frente al crepitar de un cubo lleno de ascuas y fuego y se perdonaban, sin prisa, los errores bajo las mantas. Todo eso lo guardó dentro.

Se despidió de su madre y colgó.

Entró en la casa y dedicó el resto de la mañana del viernes a terminar un artículo sobre la historia de Son Banya que le habían encargado en la redacción; después preparó un estofado de garbanzos que se les había antojado la noche anterior.

Cuando llegó Lena, comieron fuera: se habían acostumbrado a moverse en el exterior y, ahora que Caos entraba y salía, las paredes se esforzaban por parecer una cárcel.

—Estás muy callado.

—He estado pensando en algo desde hace algunos días, pero si te lo cuento, me vas a decir que es una estupidez.

Lena dejó a su cuchara surfear entre los mares de caldo que se contoneaban en el interior del plato. Ella se encogió de hombros sorbiendo potaje, no parecía encontrar ninguna respuesta ante una frase así.

—Pues no me lo digas, chico.

—¿Te puedo pedir algo un poco raro?

—Miedo me das.

—Saca tú a Caos hoy, que tengo que hacer una cosa. A los otros dos, los puedes dejar aquí conmigo y ya los pasearé a última hora, o vamos juntos.

Lena agarró los platos vacíos y un par de vasos con dos culos de vino tinto. El servilletero y un decantador esperaron en la mesa, impertérritos.

—Lo que queda, lo recoges tú.

Julio cogió lo que quedaba sobre el blanco de la mesa y entró en la vivienda tras los pasos de su mujer. Dejó el hule puesto.

—¿Eso es que sí o que no?

Lena se giró, risueña.

—Pues claro que le saco yo, y haz lo que tengas que hacer, ¡ya ves tú qué problema!

Julio sonrió, ininteligible, y dejó los trastos en la cocina. Después, hizo café y se tumbaron juntos a echar la siesta.

A media tarde, Lena salió a pasear con Caos. Marcharon lentos, y Julio les observó de pie desde la terraza, mientras se perdían, poco a poco, por las calles de piedra ya huérfanas del sol que escapaba por el oeste; el paso de ambos advertía que sabían de la imposibilidad de poder darle caza.

Minutos antes:

—Bueno, voy a dar una vuelta y me tomo una Coca-Cola en el bar.

—Pero estate un rato —dijo Julio—. Una hora, por lo menos.

Ella se encogió de hombros, sin entender; mientras, él cogió un hacha de leñador, unos guantes de trabajo y un par de sacas de la caseta.

—Tanto rollo para ponerte a talar un árbol. No creo que se vaya a asustar el perro a estas alturas. Llevamos meses habituándole a ruidos, tío. Hace medio año era una cosa, pero ¿ahora?

Él no contestó.

Más tarde, esperó a que las primeras sombras conquistasen parte del jardín de árboles frutales y prendió las luces de exterior cuando agonizaba el último sol. Dana y Argos estaban a su lado, y los envió con un par de voces a unos cuantos metros. Entonces, y solo entonces, descargó el hacha contra la caseta para perros que había arreglado antes del invierno. Los tablones de madera se quebraron; tras el primer golpe, cayó el techo; volvió a golpear, rompió la estructura lateral, y siguió golpeando y golpeando hasta que todo fue nada. Troceó la madera en el sitio, apartó tarde la esterilla aislante del interior, ya rasguñada, y tiró varios tablones en el cubo metálico que hacía meses que no ardía. Por último, recogió hasta las astillas más pequeñas con la ayuda de un rastrillo.

Quedó plantado en el sitio donde Caos había dormido tantas, tantísimas noches, y también ellos, mirando cómo subían las llamas y morían entre las pocas ascuas y cenizas que dejó la madera.

Cuando volvieron de pasear, no quedaba nada, pero Julio seguía ahí.

26
Joder si sonreía

Las dos semanas siguientes pasaron volando. Lena lo achacó al aumento de las horas de trabajo y de rutina que, según ella, aceleraban los días, las semanas y hasta los años si te descuidas. Un par de días antes había llamado la madre de Julio para avisar de que, finalmente, venía sola, o que el resto aparecerían durante los días de fiesta. Algo había preguntado él, pero, a sabiendas de la mala cara que puso, prefirió no curiosear.

Lena salió al jardín, todavía en pijama. Era sábado. Julio ya estaba vestido y con la chaqueta, aunque todavía era pronto. Desde la cama, acurrucada entre las sábanas, se había entretenido en escuchar cómo su marido preparaba café a toda prisa, se vestía más rápido aún, e imaginó, porque no pudo verlo, que, a continuación, se había quedado plantado en el comedor mientras los perros todavía empezaban a estirar las patas y a desperezarse, sin entender muy bien por qué el tiempo pasaba tan lento.

Julio no estaba tan apegado a su madre como cuando empezaron a salir, pero Lena sabía que, tras la mudanza, le había costado no poder acercarse al barrio a tomar algo a media tarde o no volver a sentarse a comer el domingo en la mesa con los hermanos.

El plan era bajar hasta el aeropuerto y almorzar algo en Palma; a media tarde, dejar a la madre de Julio en el único hotel que había en el pueblo, el Senda, y decidir sobre la marcha. Lena imaginaba que, como mucho, su suegra querría picar algo, pondría una excusa cualquiera y se recogería a descansar en su habitación. Para esa mujer, coger un avión era un esfuerzo titánico, y así tenían los hijos la neura que tenían con volar.

Al cruzar el recibidor hacia la terraza, se encontró a Julio de espaldas. Estaba nublado y Lena pensó que estaba mirando las nubes.

—No creo que llueva —dijo, mientras lo abrazaba desde atrás.

—No miraba eso, en realidad. ¿Te has fijado en esos perros? Cada día que pasa están más inquietos.

Ella desvió la mirada por encima del acebuche y la caseta de las herramientas: media docena de perros pequeños correteaban y ladraban nerviosos. Pese al brezo, que imaginó que habían estropeado aquellos animales, distinguió los rasgos de alguno: un bodeguero andaluz, un ratero mallorquín… El resto parecían mestizos, como Caos, que aún dormía dentro, en un viejo colchón de muelles.

—Tú me dirás. Catorce me han dicho que tienen.

—A primera hora, he cogido al Argos ladrándole a un par arriba. Acordémonos de dejar cerrada la puerta esta que puse con tu padre —comentó Julio. Dejó el mentón apuntando unos segundos a la puerta hecha con tablas y malla metálica.

Lena estudió el invento: suegro y yerno habían dispuesto cuatro maderas y un único travesaño en diagonal. Una malla de torsión simple de gallinero cubría los recovecos que las maderas dejaban y, a su vez, la puerta se sostenía sobre dos bisagras endebles a la pared del lavadero. A mano derecha, el pasador conectaba con un poste de madera anclado a un pie de metal para terminar de estabilizar un armazón que servía a su propósito, pero que los días de viento, como ese, no hacía más que admitir su debilidad.

Ella asintió, adormilada. Cambió de tema:

—Anda, ven, moreno. Vamos a tomar café.

Lena desayunó con calma. Le pareció que Julio la miraba nervioso un par de veces, demasiado atento a cómo untaba la mermelada en una rebanada de pan que abandonó en el plato medio mordisqueada y repartió después entre los perros. Ducha, vestido negro de rosas rojas y unos pantis de nailon. Julio la esperaba fuera ya, con una chaqueta de polipiel que le hacía sentir un poco más arqueóloga que el título perdido en algún cajón.

Rugió el motor calle abajo. Conducía él, acariciándole la mano a ratos (cuando cambiaba de marcha o le sobraba un brazo en el volante). Se oía en la radio a los *Guns N'Roses*, y Axl Rose cantaba:

Do you need some time on your own
Do you need some time all alone.

—Estás nervioso, ¿verdad?

—Un poco. Esperaba que vinieran mis hermanos también.

—Seguro que se lo montan para pasar un par de días o tres.

—Bueno, Carlos debería sacar huevos para subirse a un avión, que todo lo que no toque el suelo…

—A ti te pasa tres cuartos de lo mismo, ¿eh? —le recordó Lena.

—Ya.

Callaron un rato, escuchando las canciones que se sucedían en la radio una tras otra. Sonó *I Want to Break Free* de

Queen, sonó *Halloweed by the Name* de Iron Maiden y empezaba *Hound dog* de Elvis Presley cuando cruzaron la entrada del aparcamiento de Son Sant Joan. Aparcaron en uno de los muchos sitios del parquin del aeropuerto (la temporada turística no había empezado aún), Julio miró el reloj ovalado del coche, sacó la llave del contacto y abrió la puerta del Ford.

Camino a la terminal, Lena le cogió la mano y pudo sentir cómo su marido refrenaba ese impulso que hasta los adultos tienen por volver a ver a las personas que los cuidaron y los subieron en su infancia. Fue ella quien apretó el paso, y advirtió una sonrisilla oculta que su marido no supo disimular.

No tuvieron que esperar mucho en Llegadas antes de que Teresa, la madre de Julio, apareciese con una maleta roja con ruedas entre una marabunta de viajeros. Teresa sonreía, agarrada a su equipaje y su bolso de tonos parduzcos y ocres de Louis Vuitton. Sonreía, con su metro sesenta, y bajando, su peinado siempre francés sin recoger, de flequillo abierto y cortado a capas; sonreía, con el gesto algo más cargado de arrugas que el año anterior; sonreía, pero tuvo que decirlo:

—¡Menudo viaje! No hay día que no coja turbulencias.

—¡Siempre estás igual! —se quejó Julio, incluso antes de saludar.

Pero él también sonreía. Joder si sonreía.

Lena propuso tomar algo rápido en la cafetería del aeropuerto. Propuso parar de camino a Palma, en Can Pastilla mismo, o antes de llegar a Es Coll d'en Rabassa o a El Molinar, pero nada, oye. Tuvieron que coger el coche, dejar atrás el aeropuerto, entrar en Palma, subir por las Avenidas, tirar hasta Sindicat, escuchar las quejas de su marido sobre lo mal puesta que está esa gasolinera de la Repsol en Gabriel Alomar y dejar el Ford en el aparcamiento de la Plaza de España. Entonces, Teresa se quejó de que se les pasaba la hora de almorzar y de que tenía un hambre terrible y Lena ya no propuso nada más.

La hora les hizo cambiar de planes y tomaron café y un par de cruasanes en la misma plaza España antes de que les cogiese el mediodía, al abrigo del ficus milenario que oculta la estatua de Maura: ¡Y cualquier día se cae y tenemos una desgracia!, repetía Julio, y ahí llevaba más razón que con la neura de la Repsol. Lena se la dio más adelante, a su debido tiempo, cuando el ficus decapitó la estatua del político a finales del 2014.

En la terraza de la cafetería, ella sorbía despacio el café, madre e hijo hablaban con las tazas vacías delante. Teresa fumaba un pitillo, pero Julio no. Le resultó extraño, la verdad. Varias furgonetas cruzaban el empedrado para vehículos que conecta con el Mercado del Olivar, donde el gentío y los guiris se empeñan en ignorar la circulación, que siempre responde aporreando los cláxones.

—Vaya follón —voceó Teresa por encima del ruido del tráfico—. No sabía yo que habría tanto lío aquí. Parece la Plaza Cataluña, *nen.*

—El centro es igual en todas partes, mama. Turismo, y sitios caros, y jaleo. ¿Qué esperabas?

—Bueno, ¿y qué tal todo? ¿Cómo vais? El trabajo bien por lo que veo, ¿eh? ¡Quién lo habría dicho! ¡Aquí!

Lena sonrió, conciliadora. ¿Dónde se cree esta mujer que nos hemos venido a vivir? ¿A Madagascar?

Contestó Julio:

—Mama, que Mallorca tampoco está en el quinto pino, ¿eh?

—Ya, hijo, ya. *Mallorca tampoco está en el quinto pino*. Pero como no encontrabais nada de lo vuestro por allí, pues tampoco se veía claro que por aquí… Ya me entiendes. Pero bien, ¿no?

Hablaron sobre el trabajo de Lena en la agencia, el desbrozado y la limpieza de parcelas, las colaboraciones, ya periódicas, en el diario, y aunque ahora ella ganaba bastante más que él, Teresa hizo lo mismo que hacen todos los padres con sus hijos, aparcó a Lena y a la agencia, y escuchó todo sobre los artículos en el Últimas Noticias con los ojos rebosantes de orgullo: se le iluminaban como puñeteros farolillos en la noche. Pero a Lena no le molestaba eso, ¿cómo le iba a molestar? Sus padres hacían exactamente lo mismo con sus cosas y las de su marido. Le molestaba esa manía que tenía Teresa de repetir el final de la última frase de su interlocutor.

Julio decía:

—Pues la casa *está* muy chula, cuesta calentarla toda, pero ni pasamos calor en verano ni frío ahora en invierno.

—Ni calor en verano ni frío en invierno, qué maravilla, hijo —repetía ella.

Y cambiaba de tema:

—Y los perros muy bien: ya hemos conseguido que Caos duerma dentro y confíe en nosotros; también empieza a relajarse cuando coges la escoba o te quitas el cinturón para cambiarte de ropa: al principio, se meaba encima.

—¡Se meaba encima! —exclamó Teresa, aunque, en este caso, quizá sí era para repetirlo.

Julio le hizo una seña a Lena para que fuese a pagar y ella se intentó escabullir hacia la caja para invitar. Entró y salió, Teresa había aprovechado para pagar al ir al baño. Julio se empreñó un poco y, luego, no tuvo más remedio que echarse a reír, cuando su madre, con acierto, le señaló:

—Òndia, *noi*. Tú estás condenado a ser pobre, ¿eh? ¡Te invitan y te enfadas!

Se levantaron dejando una propina demasiado abundante en la mesa y pasearon por la Rambla (entonces aún era la de los duques de Palma) entre plátanos de sombra, que Julio le había dicho que se llamaban así un centenar de veces y no plataneros, como decía su padre.

Oye, ¿y qué más da?

Mientras, el clac-clac de los tacones de las dos quedaba amortiguado entre las baldosas en mosaicos de blancos y grises debido a la charla y los sonidos del paseo: el tráfico, un camión Iveco de los basureros, madres con carritos de bebé, los tenderos gritando desde sus quioscos, las camareras zapateando por las terrazas medio vacías; hojas de los plataneros desmayadas en el suelo, ya lívidas y marrones, y viejos fumando en los bancos tabaco negro y chapurrando entre ellos. Bajaron casi todo el paseo del Born y comieron un arroz con verduras al horno que, a Lena, le supo a gloria en un restaurant junto a un Pretty Ballerinas.

Hostia, ¡qué hambre a las tres!

Entre las risas y el riachuelo de guiris que había ampliado caudal a primera hora de la tarde surgió el tema de los antiguos caseros. La forma en la que su madre sacó el tema, con el fluir de la conversación, parecía natural, pero, aun así, Julio se medio mosqueó.

—Coño, mama. ¿Ahora es momento de hablar de eso?

—Yo qué sé, hijo. ¿Tú te crees que me tienen que llamar a mi casa? Ese matrimonio parece de una viñeta de Forges...

—¿Te llamaron a ti?

—Como lo oyes.

—Llamaré a la inmobiliaria, pues, que son más normales.

Teresa apuró un flan de huevo del que se había encaprichado y encendió un cigarro mientras esperaba el café.

—Lo mejor sería que quedaseis con ellos, o con el gestor que les lleva el tinglado, en un viajecillo rápido; firmáis la rescisión para que quede algo oficial de veras y os dejáis de líos.

—Sí tienes razón —concedió él—. Eso sí, tranquila, que tengo tres o cuatro llamadas grabadas en el teléfono y varios correos donde les dije de quedar una docena de veces, y cuando no es el pádel, es el aquagym o que se van de viaje con el IMSERSO y la madre que los parió.

—Ella es para echarle de comer aparte. Él es un pobre desgraciado —comentó Lena—. ¿No te contó Julio el día que vinieron a cobrar el alquiler en mano y se empeñó en doblarnos la ropa interior?

A Teresa le dio la risa.

—Lo peor fue hacerle entender que no queríamos que tocase las bragas de Lena y que no nos estaba haciendo ningún favor —Julio gesticuló con sus manos como si doblase una prenda de ropa y puso cara de repelús.

Lena agregó:

—Entonces la mujer se puso a disertar sobre cómo podíamos ponernos tanga las chicas de hoy, mientras seguía cogiéndolo por uno de los hilos y lo miraba extrañada…

Cuando se acabaron los cafés, pidieron la cuenta. Teresa se dejó invitar a regañadientes y volvieron por el final de la Rambla, la calle de la Riera, el Olivar... y así hasta la Plaza España.

Después, subirían a Caimari, los perros armarían escándalo y Teresa haría eso tan típico que hacen las personas que jamás han convivido con animales: saludarles con afecto y reparo, y moverse sin perderlos de vista; mientras tanto, Caos bostezaría aburrido mientras un ojo se le iba, a ratos, hacia un abejorro que pululaba por la terraza.

—¿Y qué ha pasado con mis hermanos?

—Lo de siempre.

—Vamos, que no tenían ganas de venirse en fiestas.

Tres tubos de cerveza delante. Estaban sentados en la barra del bar del vestíbulo del hotel, esperando por una mesa en la terraza, y Julio notó cómo el cansancio le soltaba un bofetón. La caoba rojiza de la barra reflejaba la luz de unos faroles de pie colgados de las vigas de madera; al otro lado, decenas y decenas de licores asistían a la conversación de madre e hijo, y los taburetes negros de aluminio remataban esa sorprendente sensación de transportarte a un pub inglés en el *lobby* de un hotel de montaña.

Lena, ausente.

—No es eso, hijo. Ya sabes cómo son. Uno no coge aviones; y el otro con sus obsesiones: que si el trabajo, que si la pareja, que si…

—¿Con quién anda ahora?

—Con una italiana.

—Se va a tirar a media Europa.

—*Juli!*

Volvía Lena del baño. A varios metros aún, cabeceó hacia él y levantó el pulgar hacia Julio, formulando una pregunta sin necesidad de palabras. Él adivinó el porqué del gesto, negó con la cabeza e imaginó que su mujer había ido en busca de algún responsable, pues apenas había huéspedes y llevaban más de veinte minutos esperando en la barra.

—En los pueblos se hacen las cosas de otra forma —concedió Teresa.

—Tampoco hace falta que cenemos a las doce.

—*Tampoco hace falta*, no.

Apareció el *maître*, y se presentó como tal antes de conducirles hacia la terraza interior por un amplio pasillo, a mano izquierda de la barra. Era un tío joven, cuarenta y tantos, y vestía una americana de hostelería de un azul negruzco con líneas blancas en las mangas y en el cuello. Tenía una cara extraña para un *maître*, como de compañero moreno de Mitch Buchannon en *Los vigilantes de la playa* (¿dónde se había dejado el salvavidas?).

Llegaron a la terraza y Julio se olvidó, de inmediato, del responsable de las comidas. Las paredes con la textura del granito gris medio ocultas por la hiedra y una buganvilia descontrolada en rosa, mesas de piedra blanca como nunca había visto y, alrededor, sillas de madera envejecida en las que alguien se había molestado en vestir de muescas el blanco de la pintura. Estaba convencido de que la iluminación era insuficiente, pero hasta la luna (llena) había conspirado para disponer la noche.

Ya sentados.

—Mira tú los gilipollas de mis hermanos, lo que se van a perder.

Teresa concedió que la terraza, la noche, el ahí y el ahora, habían conseguido subir la valoración global del día. Una camarera deslizó las cartas hacia la mesa tras un corte de pelo escalado y una sonrisa coqueta que Julio estuvo tentado de corresponder; o quizá fue que Julio bajó la mirada de ojos grandes y parduzcos tras demasiado tiempo y Lena rio, sincera, ante la reacción tierra, trágame de su suegra.

—Moreno, que tú ya tienes una, ¿eh? —le largó Lena.

Julio miró hacia su mujer, ¿se sonrojó?, quizá algo, y se echó a reír.

—Se os ve… —Teresa buscó una palabra para sustituir, pero no quedó claro si la había encontrado. —Se os ve mejor. Mucho mejor.

—Estamos mejor —concedió Julio.

—No en estas tonterías, que también, sino en todo —explicó Lena.

No había hambre, así que compartieron un par de platos a modo de picapica, y tampoco había sed, así que el agua para los peces y botella de vino para tres. Al final, volvió a salir el tema del contrato.

—Bueno, entonces, ¿os venís unos días a la vuelta?

—¿A la vuelta de qué? —preguntó él.

—Cuando vuelva yo para Barcelona, digo.

—Yo me lo puedo montar: al fin y al cabo, trabajo en casa para el diario, casi siempre. De lo otro, a partir de abril hay menos faena, dijo Toni, pero dos o tres días se podrá arreglar sin mí.

—¿Y tú, Lena? —preguntó Teresa, sorbiendo café a deshoras.

—No lo sé. Supongo que tengo días de vacaciones, pero a saber si nos ponemos de acuerdo. Mañana le echaré una ojeada rápida al calendario.

Cambiaron de tema.

—¿Y qué has hecho toda la tarde? —preguntó él.

—Leer, porque no tenía ganas de deshacer la maleta.

—¿No has salido a pasear o a ver el pueblo?

—Pues no. ¿Y vosotros?

—Yo el pueblo ya me lo conozco.

—Qué idiota —dijo Lena.

—Hemos sacado a los perros. Primero a Caos, después a los otros, que los llevamos a correr sueltos por la montaña normalmente; a veces hasta otros pueblos, pero hoy no hemos ido tan lejos.

—¿Y todos bien?

—Sí, les hemos dejado fuera aprovechando que es sábado y que estaban cansados. Se han quedado roncando los tres.

Lena dudó:

—¿Se han quedado fuera al final?

Él asintió.

Julio se arrepintió de no haber pedido café y, finalmente, tomó uno largo, obligando al *maître* a un último paseo y una nueva cuenta. Se disculpó con el amigo de Mitch Buchannon por las molestias, quien le restó importancia.

—Está claro que mis hermanos no quieren visitarnos en Mallorca, ¿eh?

Teresa miró su taza vacía, quizá buscando una escapatoria, y respondió:

—Qué bien que estéis mejor, ¡y el perro!

27

Luna de sangre

Iban hacia casa a pie por la carretera de Lluc, que cruza el pueblo.

—No hay por qué poner a tu madre en un compromiso.

—¿Eh?

—Que si quieres que vengan tus hermanos: llámales y díselo tú.

Julio cogió la mano a Lena al advertir el reflejo de los faros de un coche a la espalda. Subió a la acera y atrajo a su mujer con un gesto. A continuación, una furgoneta blanca se perdió calle arriba.

—Si ya lo sé, solo es que me da rabia. Mañana le pediré perdón.

Ahí quietos le dio un beso tímido, de esos que no le pegaban nada, y ella estuvo un buen rato arrullándole por eso de agradecer el intento. Se sentaron después en la esquina de la calle que se abría hacia el torrente. La luna se veía roja y, a ratos, se escondía entre nubes.

—¿Tienes idea de por qué hay luna de sangre? —preguntó él, sentado en el bordillo de piedra.

—Eso no es luna de sangre. Creo que es el incendio ese que lleva días activo por aquí. Diría que he leído que, cuan-

177

do hay fuegos grandes, se oscurece la luz alrededor, y solo se refleja aquella de color rojo, o algo así.

—Ni idea, tía.

—Mola, e inquieta.

—Ya ves.

Quedaron callados, disfrutando del silencio. Se oía el pitido característico de un grillo que relevó a la fuerza el canto de las cigarras. Ellos dos se entretenían escuchando los sonidos que se abrían paso entre el escaso tráfico nocturno y el ladrido lejano de algún perro.

—Las cigarras sí que inquietan —comentó Julio, para apartar el silencio de una vez por todas.

—A mí me gusta el canto, pero suerte que viven en los árboles, porque son bastante asquerosillas de aspecto.

—Peor son las polillas estas gigantes que hay por aquí… Si lo llego a saber, no sé si me convences para mudarnos. Qué puaj de bichos.

—Oye —interrumpió Lena—, ¿eso de que nos habíamos dejado a los perros fuera es verdad o era una excusa para irnos para casa?

—Creo que sí, ¿no? Estaban cansados de pasear, y has dicho que tampoco íbamos a volver tarde. Yo no los he entrado, desde luego.

—Pues mejor vamos, ¿no?

—Mañana nos picará el Toni al timbre para contarnos que los perros no le dejaron irse a dormir a las nueve de la noche, verás.

—¿Vamos, pues?

Julio abrazó a Lena, sin decir nada.

Ella se lo quedó mirando, esperando una respuesta que no llegaba.

—Cinco minutos, va —concedió Lena.

Retomaron el paso un buen rato después, cuando el campanario de la iglesia tocaba las doce. Julio abrazaba por la cintura a su mujer, algo achispado, feliz, venciendo el cansancio paso a paso. Quizá por esto, por estirar demasiado la jornada, cuando Julio entró la llave en el candado de la verja, lo primero que vio fue un detalle, y no el todo; y lo que vio fue el pasador metálico de la puerta de madera.

El pasador, en el suelo.

Julio no vio a Dana cubierta de sangre; no vio el rastro carmesí que se extendía por el suelo de la terraza, ni oyó los ladridos de Argos, que parecía ladrar a la noche; una noche oscura, pese a la luna, y una luna que no podía espantar las tinieblas que conquistaban los ojos de Julio.

Lena, en silencio. El abrazo se hizo débil hasta desaparecer, y ella se dejó caer contra el suelo agarrando con fuerza a la perra; buscando heridas para esa sangre, ya seca y apelmazada en el negro y el fuego del pelaje.

Dana se revolvió de las manos que la sujetaban.

Una pregunta llegó rápida en boca de ambos:

—¿Dónde está Caos?

Argos ladraba más y más fuerte. Julio se acercó al perro: estaba lleno de sangre. No vio heridas.

Se han peleado.

El temor se apoderó de él; entonces, Argos galopó hacia el terreno de arriba, ascendiendo por la rampa de hormigón que serpenteaba tras la casa entre bancales, dejando atrás la puerta desencajada, y alcanzando un algarrobo bajo el que yacía la silueta de otro perro.

Julio corrió y alcanzó el primer bancal. La sombra del árbol le obligó a acercarse a escasos metros para reconocer a Caos. Caos lo miró, recostado sobre la hierba: era la mirada de un perro que había escogido dónde caer por última vez. El mestizo parecía aspirar el aroma de la humedad de la noche; estaba cosido a dentelladas en las patas, en el hocico y, entre los ojos, una gran herida abierta en el cráneo no dejaba de manar sangre.

Julio miró alrededor.

No lo entendía.

Lena llegó a su altura, y, en ese instante, los dos lo entendieron: la verja caída y, en la esquina, el gran danés de los vecinos malherido; y aparecieron los gritos de terceros que siempre debieron estar ahí, y los ladridos de una jauría entera al otro lado de la valla, y las sirenas de la policía, y las luces que se encendían en el jardín fronterizo, y todos los detalles que completaban la escena si ellos dos hubieran tenido ojos para alguien más que su perro moribundo al pie de un algarrobo.

Había una pareja de policías en la puerta de la finca. Julio hizo entrar a Argos y Dana en la casa. Cerró con llave. Lena dijo algo, pero él no escuchó. Volvió junto al algarrobo, cogió a Caos en brazos —lo asió como si fuera él quien pudiera caerse— y gritó a los vecinos que corriesen a un hospital veterinario con el gran danés.

Abajo, junto a la verja negra, la pareja de policías discutía con Lena. Julio se acercó hacia ellos con el mestizo sangrando en los brazos, dio un paso, y otro, y otro más. Sentía la sangre correr contra su camiseta y mezclarse en un torrente de lágrimas que caían de sus ojos, negros, negros como la noche.

—Nos vamos con el perro al hospital —dijo él.

—Necesitamos que esperen unos minutos —respondió el policía; Julio vio la nariz aguileña y las primeras bolsas sombreando los ojos.

Julio dio un paso más, y otro. Los policías recularon hasta la puerta de la casa de Toni. Julio no cambió la dirección hacia la que apuntaban sus piernas; siguió en línea recta hasta encontrarse de nuevo con la pareja. Ella llevaba el pelo recogido en una coleta, tenía las tetas grandes.

Los policías volvieron a recular.

Dijeron algo.

Lena gritó.

Julio no entendió ni lo que decían unos ni lo que decían otros.

Toni abrió la puerta de su casa. Los ojos duros, como el pan que se endurece sin advertirlo. En esa tontería pensó Julio. El vecino en batín y pantuflas avanzó de lado, acorraló a la pareja de policías contra el desnivel de la rampa que vencía el torrente.

—*Batuadell!, Xisco; Cati.* Dejad al chaval llevarlo a Palma. ¡Ya habrá tiempo para preguntas!

La mujer de Toni asomó la cabeza. La mano contra la boca; bajó la vista. La pareja se hizo a un lado, Julio trotó hasta el Ford Mondeo gris con la fuerza que concede la adrenalina. Lena llevaba una toalla de baño en las manos, se la puso a Caos en la cabeza y la mantuvo allí.

Julio miró por el retrovisor central: los asientos empezaron a llenarse de sangre, el regazo de su mujer también. Ordenó al coche que arrancase entre rugidos, lo hizo gritar calle abajo a golpe de claxon, voló, quemando rueda, con el riachuelo seco a su izquierda, dejando una estela de humo blanco y un olor a caucho agrio que los acompañó hasta la autopista.

28

Se echó a llorar

Lena agarró una palangana de plástico azul del baño y la llenó de agua tibia. Volvió al comedor. Al dejarla en el suelo, Dana fue a beber del recipiente, pero ella se lo prohibió con un gesto de la mano y, ayudándose de un trapo de cocina, empezó a limpiar las costras de sangre seca del cuello. El amarillo del poliéster se volvió rojo. Limpió el pelaje sin energía, cuando la luna ya se había ido y, de vuelta del hospital veterinario, habían encontrado a la perra ovillada en un rincón del comedor, con la mirada perdida.

Argos parecía exhausto, pero no dormía; ni tan siquiera cerraba los ojos en busca de la duermevela. Solo respiraba, apático, sentado en el suelo, con la cabeza apoyada en el hombro de Julio, a quien parecían habérsele mellado las lágrimas, y quien, ahora, tendido junto al perro, mantenía los ojos apuntados a nada en particular. La camiseta azul del Decathlon llena de sangre, los tejanos también. Lena prensó el trapo contra el barreño y escurrió la sangre. Lavó el abdomen de la perra, ausente.

El coche a doscientos por hora, Julio aporreando el claxon por una autopista desértica. Ella había mirado el reloj ovalado del Ford: era casi la una de la madrugada. Su marido la sacó de su ensimismamiento con un grito:

183

—¡Habla con Caos! ¡Dile cosas! No dejes que se duerma —repetía.

Caos con los ojos perdidos contra los asientos tapizados con paño de tela. Lena buscando la mirada del perro una y otra vez. La miraba. ¿La miraba? Era difícil de decir: miradas de esas que petrifican, que te hacen dudar sobre si está aquí o ya se ha ido.

Llamó al hospital veterinario para dar aviso.

Julio volvió a gritar algo.

A ella se le cayó el móvil entre los asientos: la voz de la veterinaria de urgencia se perdió en las profundidades del coche.

Lena se descubrió hablando al perro mientras mantenía los ojos puestos en la carretera pobremente iluminada. En la distancia, las luces de Palma contrastaban con la autopista que conectaba Inca con la capital y en la que apenas se veía una triste farola o un halo de luz.

Le decía:

—Aguanta, colega.

Le decía:

—¿Cómo te vas a morir ahora?

Y también:

—¿Estás loco o qué? Si ya llegamos…

Julio murmuraba: muy bien, muy bien. Y también le decía cosas, a voz en grito, frases inconexas en su mayoría. Cogieron la Vía de Cintura. Lena se dio cuenta de que estaban circulando con las luces de emergencia y el reloj le confesó que su marido solo había acelerado y acelerado por la autopista hasta el polígono del hospital. Lena siguió hablando a Caos. Cogió aire y buscó de nuevo su mirada.

No te mueras, joder.

Fue a cambiar el agua del barreño. Estaba roja, roja. La perra quedó sentada en el comedor. De las ventanas ya entraba luz y todo era más real si cabe. Julio se escurrió hacia su derecha, tratando de escapar del día y revelando una gran mancha de sangre que había viajado de su espalda a la pared del comedor: allí donde el tizne de la estufa de leña también había hecho de las suyas. Argos ni se movió, dejó caer su cabeza contra el suelo, y siguió tumbado, como falto de vida. Volvió del baño y continuó limpiando a la perra, que se revolvía de vez en cuando sin la energía suficiente para sacudirse como es debido. Seguía oliendo a sangre y a perro mojado.

En la puerta del hospital, una auxiliar había salido a ayudar a Julio, conduciéndole lo más rápido posible al interior. Lena había quedado allí, en la recepción, escuchando idioteces innecesarias, viendo las gotas de sangre marcar el camino que su marido se esforzaba en recorrer a toda velocidad: ¿efectivo o tarjeta de crédito?, ¿qué ha pasado?, ¿tiene alergias?

Salió Julio.

—Hay que operar. Le han sedado y van a hacerle un TAC.

No hablaron más. ¿Qué iban a decir? Al perro le prometieron una buena vida, no una muerte lenta y dolorosa.

En un primer momento, después de atravesar las puertas acristaladas del hospital veterinario, todo se revolucionó, y, luego, se volvió aséptico, frío: fregonas que se escurren en silencio, luz blanca, pasos que solo acompañaban palabras a medio mascullar. Esperaron sentados en las sillas negras junto a la recepción. A cada rato la auxiliar les ofrecía un café, un agua, unas palabras de aliento.

Salió la cirujana con dos palabras más: pronóstico reservado, y se marcharon a casa. Antes, Julio hizo un pago de los gordos: seiscientos, ochocientos, mil doscientos, pero ella no entendió la cifra. Cayó presa de la mirada de incomprensión de su marido.

La auxiliar dijo:

—Mucha gente trae al perro y, si no obligamos a dejar una paga y señal, abandonan aquí al animal.

Julio resopló, irritado.

Qué mundo de mierda.

Eso era todo lo que recordaba.

Estaba agotada, pero no quería dormir.

Cuando acabó con Dana, llamó a Argos, pero el perro ni caso.

Se acercó ella.

—Vete a duchar, cariño —susurró.

—Luego.

—No es culpa tuya.

Y Julio se echó a llorar.

29
Una casa, no un hogar

Si alguien hubiera asomado la cabeza por aquella cocina, no le habría costado mucho notar las ausencias que se agolpaban allí.

Julio se sentó en uno de los dos taburetes rojos de cafetería. Le parecían feos de cojones, e incómodos, pero, por alguna razón, nunca se lo había dicho a su mujer. La barra americana que había fabricado su suegro con placas de escayola y un tablón de madera barnizado le resultó una total y absoluta pérdida de tiempo; de repente, en la cocina le faltaban armarios y baldas donde guardar las cosas y ¿por qué coño no habían comprado un horno eléctrico en todo ese tiempo? Ni la pintada de la pared, que decía «*Barriga llena, corazón contento*» y que tanto le gustaba, consiguió cambiarle el humor.

No estaba Caos a los pies de los escalones que, para él, eran la falda de una montaña; no había nadie esperando un trozo de salchicha o su ración de pienso; tampoco estaba Lena.

Julio llamó a su madre.

En la práctica, estaba de vacaciones, pero ni las vacaciones eran vacaciones ni la casa era un hogar.

—Se pelearon con los perros de los vecinos —dijo al teléfono.

Su madre también dijo algo que él no entendió, después intentó animarle.

Se obligó a escuchar:

—Estad tranquilos. A veces, la sangre es muy escandalosa.

—Hoy vamos a esperar —afirmó, resuelto—. Hasta que el pronóstico reservado deje de ser pronóstico reservado.

Silencio al otro lado.

Julio agregó:

—Lena ha avisado a su padre. Si quieres ir a Palma, te baja y te sube.

—Mejor descansamos todos, cielo.

Con voz queda:

—Vale.

—Hijo —dijo el teléfono—. ¿Has bebido?

—No, es que no me encuentro bien —contestó Julio. Y colgó.

Volvió a recorrer el camino hasta la nevera, tambaleándose, y siguió llenando aquel tablón de madera barnizado con botellines de cerveza que vaciaba rápido y furioso.

A media tarde, llegó Lena. Se quitó el anorak verde, las botas marrones de caña y subió, descalza, por los tres escalones que separaban comedor y cocina. Él seguía ahí. Ella había vuelto a llorar y el rímel lo confesó.

Julio, borracho, se obligó a articular con dificultad la pregunta:

—¿Sabes *algo*? ¿Te han llamado?

—No.

Lena agarró una cerveza a medio beber y se sentó en el otro taburete.

—Está caliente ya.

—Bueno, al menos sabemos cuál es tu tope —se burló ella, triste.

—Ese no es mi tope. Mi tope son veinte *medianas*, por lo menos.

—Eso cuando eras joven, chaval.

Julio se incorporó, mareado. Cogió las cervezas de dos en dos y las dejó en el cubo del vidrio. Se descontó entre la décima y la duodécima.

—Lo *si-siento, peque.*

—Lo sé.

—Quizá las cosas rotas no siempre pueden arreglarse —dijo él.

Lena sonrió.

—No pasa nada por emborracharse hoy.

—No hablaba de mí.

—También lo sé.

Y Julio se abrazó a Lena, roto, intentando recomponerse en piezas, y a sabiendas de que, igual que la casa no podía ser un hogar, él, ellos, esa noche, no podrían dormir completos.

A las nueve y cinco sonó el teléfono.

Julio se estaba duchando y no lo escuchó.

Dijeron:

—Vivirá.

30

Una mueca triste

La luz celestial de una lámpara cialítica iluminaba la camilla donde descansaba Caos. El perro seguía inconsciente, conectado a todo tipo de aparatos del quirófano que Julio no entendió: había unas placas del TAC craneal a las doce, un armario con medicación y útiles a las tres, un monitor con las constantes vitales a la una y la cirujana, que resollaba, en un taburete a las nueve.

Era lunes, uno de abril, y el mestizo se revolvía en sueños en la zona de cuidados intensivos del hospital veterinario. Las patas delanteras vendadas, el hocico invadido por profundas heridas; en el labio, la veterinaria había cerrado la herida con media docena de puntos de sutura, ¿y la cabeza? La cabeza rapada y grapada con veintitantas cruces desde las orejas hasta los ojos. Parecía Sparky, el perro ese de la película de Tim Burton.

Su madre, Teresa, había tenido que salir de la habitación visiblemente afectada y las facciones siempre duras de Pedro parecían congeladas en un gesto de incomprensión.

—Lo podían haber matado —protestó su suegro, a nadie en particular.

La veterinaria se quitó la máscara y se secó el sudor (ya frío, eso seguro) con ayuda de una toalla blanca de algodón.

Se recolocó las gafas moradas de pasta sobre una nariz griega y estiró el cuello a través de un movimiento circular.

—Ha tenido suerte: el mordisco perforó el cráneo, pero no alcanzó el cerebro ni los ojos. La herida más escandalosa la tenía en el labio, que, al ser mucosa, sangra muchísimo.

El monitor mostró una mayor actividad de las constantes.

Caos, todavía ausente, movió la cabeza (o eso le pareció a Julio) mientras le susurraban al oído tonterías casi inaudibles.

—Lleva más de treinta puntos quirúrgicos y le hemos tenido que hacer dos transfusiones de sangre. Ahora mucha paciencia. —Gesticuló con ayuda de una de sus manos: índice y corazón señalando la victoria.

—Gracias —dijo Julio.

Salieron. Caos quedó allí, descansando, sedado. Con dos o tres días de ingreso hospitalario por delante. Su madre los esperaba fuera, pero solo salió Julio. Salió a fumar; Lena y Pedro dentro, encargándose de la factura.

—Se recuperará —afirmó Teresa.

Julio prendió un cigarrillo. Sabía que a ella no le gustaba que fumase, en especial tras el cáncer de su marido, mas ¿qué iba a decir con un pitillo en la boca?

—No voy a ir a Barcelona.

El conductor de un BMW serie 3 rojo les hizo señas para aparcar en la plaza sobre la que ambos conversaban. Julio chasqueó la lengua mientras le aguantaba la mirada al tipo, de nariz ancha, rubio y con entradas, una suerte de Bertín Osborne echado a perder. Su madre le pegó un capón y ambos se hicieron a un lado.

—No habrá sitios también —refunfuñó Julio.

—E imbéciles, pero estábamos en un aparcamiento, no nos cuesta nada movernos un par de metros —contestó Teresa.

Julio esbozó una sonrisa.

—Sabes que tienes que resolver lo de la otra casa, ¿verdad?

Caladas nerviosas contra el cigarro.

—Cuando el perro se recupere.

—*Cuando se recupere,* sí.

—Este año se han torcido las cosas, ¿eh?

—A tus hermanos les hubiera hecho ilusión que vinierais ahora.

—Y a mí que vinieran ellos.

El cincuentón del BMW abrió la puerta del hospital y entró al hospital sacudiéndose con la mano el polo rosa de Ralph Lauren.

Pedro y Lena salieron al aparcamiento.

Julio levantó el pulgar y las cejas en forma de pregunta no formulada.

Su mujer asintió.

Más tarde comieron los cuatro en un bar de menús de Son Ferriol y acompañaron a Teresa al aeropuerto: su madre había adelantado la vuelta. Entre el ruido de aviones despegando y aterrizando, Teresa facturó la maleta sin necesidad, pasó el control de pasajeros, protestó sobre las turbulencias que imaginaba y desapareció más allá del *duty free.* Julio sonreía cuando su madre les dio la espalda, pero era una mueca triste: de nuevo, se sentía un poco más huérfano.

31

Como una familia

Dana no quiso salir a pasear el lunes. Y tampoco querría el martes, ni el miércoles o el jueves. La perra pisaba el jardín, apática, olía la puerta, los rastros, la verja negra, meaba en la tierra y volvía a ovillarse en el suelo del comedor. Julio les insistió una docena de veces, intentó obligarles incluso, pero los perros iniciaron una resistencia pasiva que Lena sabía perfectamente que ellos no tenían fuerzas para vencer.

En la terraza, apilaron trastos delante de la puerta de madera vencida: placas de escayola que había en la caseta de las herramientas, y ladrillos, y leña que había sobrado del invierno y que, hasta entonces, descansaba en distintos bancales y, también, abajo, junto al acebuche.

Suspendieron las vacaciones. Ambos se obligaron a ir a trabajar, a intentar volver a la rutina, a confiar en que los días pasaran rápido.

El martes, después de visitar a Caos en el hospital, salieron a pasear, porque lo necesitaban incluso más que los animales, pero, tratando de no martirizarse con lo que había sucedido, no hablaron ni diez palabras. Por el contrario, casi corrieron hasta Mancor de la Vall (un pueblo cercano) y se obligaron a seguir, y seguir dando vueltas por allí, entre las casas con fachadas de piedra, de cal y de encalado mallorquín; fijando

195

la vista en las contraventanas de madera pintadas de verde y dejando que su tarde pasase entre cafés y miradas furtivas a las partidas de *siset* del bar en el que cayeron.

No volvieron a casa hasta que el sol empezó a bajar.

Con contadas excepciones, así se sucedieron los días hasta la media tarde del jueves. El miércoles, Julio no trabajaba, así que cuando volvió de la oficina, se encontró a un marido agotado y la puerta de madera reforzada y reparada.

—Quería arreglar la verja —dijo—. Pero no me han contestado de la otra casa.

Y agregó:

—He visto al gran danés: está bien. Todo quedará en un susto, para todos, seguro.

Lena no dijo nada del tema. Dio de comer a los perros y bajó a ver a sus padres al Arenal, por no estar quieta. Sin embargo, también de allí escapó rápido, porque lo último que necesitaba era escuchar preguntas sobre facturas pagadas a crédito y cuentas en rojo. Todo eso ya le robaría el sueño más adelante, así que, antes de subir, gastó un poco más de gasoil hasta la clínica, a sabiendas de que no iban a dejar que entrase a ver a Caos fuera del horario de visitas y, desde fuera, le susurró a la noche:

—Solo unas pocas horas. Mañana nos vemos, *guapo*.

Llegó el jueves, porque todo llega. Pero nada importó hasta las cuatro y veintisiete de la tarde, cuando los dos esperaban junto a la recepción del hospital veterinario a que el mestizo saliese, a su paso. Llegó hasta ellos, cojo, y la auxiliar (que a saber cómo era más allá del uniforme blanco, porque ellos solo tenían ojos para Caos) les dijo todo lo que les tenía que decir ahí mismo.

Subieron al coche.

Ella conducía.

Julio en los asientos de atrás, con el perro.

Lena, celosa.

El coche, lleno de pelos.

Felices.

En el jardín de Caimari, esperaban Pedro y Margarita junto a Dana, que se había dejado caer, una vez más, contra el suelo caliente de la terraza; Argos ladraba de vez en cuando junto a la puerta de madera y el armazón de objetos que seguían ahí. Julio la había arreglado, pero se resistía a retirar la especie de barricada: por ahora, basta de sustos, se habían dicho. Lena aparcó a escasos metros de la verja negra; jaló el freno de mano y ahí quedó el coche.

Julio bajó en brazos a Caos.

Dana se meó.

Después, se echó en brazos de su compañero, si eso es posible entre dos perros, y le siguió y siguió siempre dos pasos por delante por un buen rato. También Argos parecía rebosar alegría, y sus padres, pero solo pudieron demostrarlo cuando Julio apartó a la pastor alemán, que se deshacía en arrumacos con el mestizo.

A media tarde, los perros dormidos en la terraza; terminaron de comer a los cuatro. Todo se complicó después, cuando llegó el viento frío que aún aguanta en abril y Caos no entró en casa, sino que cogió, siempre renqueante, la rampa de hormigón y fue a buscar la tierra ya húmeda donde estuvo la caseta de madera. Allí se tumbó, bajo la estupefacción general.

Lena se fijó en los ojos tristes de su marido, y este cogió las llaves del Ford, pegó un portazo con la verja metálica y desapareció entre los faroles que alumbraban la calle y el torrente seco.

El tintineo del acero se le clavó en los oídos.

Era casi medianoche. Los perros escucharon el motor del auto antes que ella. Ladraron, para contextualizar. Toni chistó desde una ventana. Lena había ocupado la tarde intentando que Caos entrase en casa, sin éxito. Sus padres, cansados, se habían marchado entre palabras de ánimo.

—Le ha dado la neura, ya sabes cómo es —había dicho su madre.

—Es normal. Son muchas cosas. Sí, ya sé que tú también podrías hacer lo mismo, hija, pero el chico es así —agregó su padre.

—Estoy bien, *paró* —contestó Lena con los ojos fijos en el mestizo.

Habían pasado varias horas y ahí volvía su marido, cargado de trastos.

¿Cargado de trastos?

—Hola —saludó ella.

—Hola.

Julio le acarició suavemente la mejilla con la mano que tenía libre. En la otra llevaba una especie de hatillo de bolsas. Las dejó en el suelo de la terraza: había un par de esterillas aislantes, algunas maderas, tornillos, clavos, una sierra de calar, y no vio más.

—Hay más cosas en el coche —dijo él.

—¿Qué es todo esto?

—Maderas, y cacharros para acampar.

—¿Para acampar?

Julio le ofreció las llaves de la caseta de herramientas.

—Empecemos de nuevo.

Ella las cogió.

—Saca todo lo que dejamos allí. Ahora cogemos la tienda del otro lado.

—¿Dónde está?

—En la despensa.

Y Julio fue y volvió dos veces más. A Lena le pareció que había tablas para construir diez casetas. Julio colocó un par de esterillas cuando el mestizo se incorporó un instante, y lo tapó con una manta térmica mientras reconstruían todo lo que la noche les permitió.

Intentó hacer una pregunta a su marido, pero él fue más rápido.

—Hasta que vuelva a entrar en casa —respondió.

Ya sentados dentro de la tienda, tuvo que decírselo:

—¿Y si no lo hace? —le preguntó.

—Pues dormimos fuera, pero como una familia.

El primer día, Caos apareció dentro de la tienda de campaña, acurrucado. Julio se golpeó un dedo clavando tablas con el martillo.

El segundo, Caos volvió a dormir al sol, y a perseguir a los otros dos como si nada de aquello hubiera pasado.

El tercero, ladró delante del portón de la casa. Eran las siete y diez de la mañana, y entró hasta las escaleras que subían a la cocina a esperar el desayuno.

La caseta quedó en la terraza a medio construir, y, un par de semanas más tarde, Julio desmontó la estructura que ya había montado y lo guardó todo en la caseta almacén de las herramientas, donde debe seguir si alguien no las ha usado o tirado a la basura.

No podían estar más felices de haber malgastado todo ese dinero.

32
La eternidad es un hocico feliz

Desde la entrada de aquella casa antigua que era historia viva del pueblo de Caimari, aún sentía el sabor del agua salada en las patas: se había hartado de chapotear en aquel rincón del Mediterráneo, y los lamidos conectaban ahora cientos de historias; en ese viaje hacia el interior, se encontraba también con los rayos de mil soles calentando todo su ser, amodorrado contra la tierra, en las baldosas de piedra de la terraza y en cada uno de los recovecos que se habían presentado frente a su trufa en la isla: en el pacífico mar que se observa desde el marítimo de Palma; junto a las escarpadas rocas que construyen precipicios a los que uno debe acostumbrar la vista a las afueras de Sóller; a otros faros con mejor historia que aquel que debía seguir plantado en un espigón del puerto de Barcelona; otros faros que se acercaban desde la luna del coche entre rocas y atardeceres rojos y crepusculares de junio a noviembre, en Formentor, Capdepera, es Cap Blanc, Cala Figuera. No recordaba más, pero los hubo. Eso seguro.

Sentía en las patas los pasos clementes, y, a menudo, libres de ataduras, y las manos amigas que lo cargaban en brazos cuando atacaba el cansancio hasta alcanzarle los tiempos en los que se acostumbró a la pereza. Pasos, y manos, y brazos que Caos mezclaba con recuerdos confusos en los olores, con memorias que se enredaban un poco más en los días, de ladridos sin rostros, de deambular, de fuerzas como nunca y de algunos nunca —nunca más golpes, ni gritos, ni miedos— que terminaron por ser sus siempre en la vejez.

El verano y todo el año siguiente fue una danza de días y noches al amparo de los ays y de los uys, de controles veterinarios que ya se hicieron rutina, de miedos a un mal golpe, a un descuido, a un final. Siempre ocurre: que o pasa, o se acaba, y, en este caso, pasó esa danza de mil soles que subían por el este y se perdían por el oeste bajo la atenta mirada del mestizo, quien sorbía todos los aires y todos los colores, todas las palabras buenas que le alcanzaban las orejotas de pastor y todas las imágenes que la telilla gris que crecía en sus ojos le permitía captar. Allí, entre las piedras, o las hierbas, o el hormigón, no importaba ahora que los buenos recuerdos empezaban a perseguirle —y él, por primera vez, se alegró de no ser lo suficiente rápido para escapar—, las tardes silenciosas le devolvían junto a Lena y Julio en una cafetería de la plaza España, a los días de playa y de imágenes manchadas de arena, de toallas refregadas para espantar el olor a perro mojado y llenas de pelos, de los Argos y las Danas que jugaban a lo bruto, y de él, que se unía al juego con ojos atentos y ladridos certeros con los que tratar de sustituir unas patas demasiado cansadas.

Qué puta la vida que acelera cuando todo está bien. Pero qué bien sentirse en casa. Y, así, Caos atesoraba imágenes, personas, olores y experiencias lejos del ruido y la furia de su pasado; viviendo cien vidas en una, como solo los supervivientes saben que puede hacerse y, quizá, comprendiendo incluso que, para muchos, su pequeña gran historia tendría un final triste, como siempre se nos asemeja una de las caras de la muerte, pero sabiendo también que aquellos encargados de recordarle —los suyos— entenderían que su vida se había convertido en mil vidas, igual que el mismo sol que volvía y volvía al pasar de las horas nunca fue el mismo, que sus días recogían fragmentos de infinitud y, él, contemplando el perezoso aleteo de un gorrión junto al bullicio ensordecedor de un jueves de mercado, o soñando con cruzar aquella montaña inalcanzable hasta Lluc (que apenas pudo nunca vislumbrar más allá de los límites del pueblo), se creyó por siempre inmortal y, más importante aún, supo que, entonces, un día era más que suficiente para hallar la felicidad y que su familia sabía bien cómo transmitir esa lección.

Caos salió a la terraza y se estiró todo lo que pudo. El tal Toni le gritó un rato y él movió la cola, feliz. El pelo había vuelto a crecer del entrecejo a la nuca, y solo una finísima línea blanca recordaba aquella noche.

Persiguió a un gorrión con entusiasmo; este emprendió el vuelo y se le posó en la cruz.

El mestizo abrió los ojos de par en par, sorprendido, y ahí estaba Julio con una taza de café, en la terraza de piedra, riéndose a carcajada limpia.

Caos bajó la rampa de hormigón, enérgico, e hizo pis donde había dormido tantas, tantísimas noches; a su espalda (de nuevo) ays y uys de inquietud. Olía a hierba recién cortada, a ciruelas desmayadas contra la tierra. Dio varias vueltas entre los árboles y le pareció que nadie lo vigilaba. Se apresuró al pie de un ciruelo hasta casi trastabillar al paso y empezó a devorar la carne jugosa y dulce de la fruta madura. Apareció Dana a la carrera y decidió ayudarle. ¡La muy! Lena se desperezó bajo el portón con gestos similares a los suyos, o eso le pareció. Es lo que pasa en las familias. Caos se acercó trotando y cabeceó contra su pierna con el hocico lleno de jugo.

—Como se entere de que os hartáis a ciruelas...

Llegó Julio. Se sentó en la piedra del portal a fumar. Caos se tumbó en la terraza, decidido a tostarse bajo el sol de mayo. Ahí quedaron, mientras Lena entraba y salía: a por café, a ducharse, a vestirse. Al final, también se sentó ella. Alrededor, había el silencio de los pájaros y las cigarras. El silencio que no es silencio, porque es naturaleza.

—Hay instantes de vida que nunca vuelven a repetirse —dijo Julio, de improviso.

—Supongo que las cosas verdaderamente importantes las elige uno —agregó Lena, dejándose arrastrar por la melancolía de su marido.

Caos se durmió al sol, pero, en sueños, pudo escuchar:

—Esa es la eternidad que de verdad importa, esa que solo se encuentra en un hocico feliz.

33
¿Por qué los quesitos?

¿Cuál es la parte más importante de una historia si no aquellos instantes que la vuelven leyenda? Ya sabes, esto ocurre cuando ocurre: para Frodo y Sam, en el Monte del Destino, en los ochenta para Mercury y para Queen; en Mallorca, para Caos. Tras aquel ataque que pudo ser mortal, y el volver a ser familia, y vivir de retazos de infinitud que se extendieron durante dos largos años. Y, también, termina cuando termina: tras el retorno a la Comarca y el viaje a las Tierras Imperecederas, tras una batalla perdida contra el sida o tras una última mudanza a Barcelona.

El final no es la esencia de una historia, es cierto, pero somos curiosos por naturaleza y quizá ningún relato estaría completo sin conocer su verdadero final. Supongo que esa es la razón por la que esta historia no acaba allí, en Mallorca, sino que vuelve a la península para que tú, como lector o lectora, puedas reconocer cómo Caos miraba las pocas estrellas que se veían en el cielo de Barcelona y cómo el filósofo que algunas noches dormía dentro de Julio le susurraba bajo una manta: de noche, colega, es hermoso creer en la luz. También, aquí, los detalles lo son todo: el parqué que resbalaba bajo las almohadillas del perro y que decidieron cambiar por gres, los ancianos que miraban con desdén a Caos (pues aquel animal les recordaba tanto la vida que no estaban viviendo como todo lo que les quedó por hacer), los paseos por las calles de un barrio petado de turistas, los masajes en las patas al acostarse: en fin, lo inesperado, y la cotidianeidad. Ya lo dijo Lennon: la vida es aquello que pasa mientras estás ocupado haciendo otros planes, y Caos fue la vida para aquella pareja que, uno a uno, se pegó los trozos y siguió adelante.

Así que, como decidieron marchar, decidieron volver: nació la idea un día y, otro, germinó. Después, ya no hubo marcha atrás. Esos dos años en Mallorca transcurrieron a otro ritmo: porque el tiempo en las islas, no pasa a la velocidad a la que estamos acostumbrados en tierra firme. Allí, algo mágico guardan; en las islas, las horas se relativizan; las prisas de aquí, allí son pachorra; y el refugio, el abrigo, la sensación de guarida en la mar no admite comparación.

Durante todo aquel tiempo, Julio creyó haber descubierto el secreto, y poder traérselo de vuelta, pero no fue así. Y cuando otro ferry los acercó a la península, esa impresión se evaporó poco a poco: se escapó entre las marabuntas de turistas de la plaza Cataluña y la Sagrada Familia, el ruido perenne, la luz en la noche, la vida de ciudad. No hubo sitio para el arrepentimiento en aquellos sesenta metros cuadrados, pues era algo que tanto él como Lena querían, pero, de algún modo, aquella planta baja donde muere el Guinardó y da paso al modernismo se llenó de nostalgia desde el primer día.

—Buenas noches, Dana; buenas noches, Argos; buenas noches, Caos.

A este último Julio lo deja durmiendo en el comedor, muy cerca de un viejo radiador donde el perro se empecina en colocar su espalda herida todas y cada una de las noches que dura el invierno. El silencio que reina en la casa se contrapone con el ruido, la fiesta, la risa de los niños en la calle: es víspera de Reyes; es cinco de enero.

Julio se refugia bajo las sábanas junto a su mujer, Lena, y le acerca esos pies con los que tiene la manía de pasear descalzo por el gres. Ella emite un grito ahogado y de un tirón le roba la sábana, el nórdico, la manta…

—¡Eh! —grita Julio.

Lena ríe, asomando sus rizos dorados hacia el exterior de su mundo de tela. Esconde la mitad de su rostro de nuevo, como un topo que vuelve a su madriguera, y dispara el azul plomizo de sus ojos contra su compañero.

—¿Le has puesto a Caos una manta por encima?

Y vuelta al comedor. Allí está el perro, durmiendo a pierna suelta, relajado, soñando que corre a toda velocidad (confiesan sus patas). Julio le acaricia las canas que salpican su hocico y lo cubre con la manta.

Le va a coger el sarampión a este bicho. Eso piensa.

—¿Vienes a dormir o qué? —pregunta Lena desde la habitación.

Él aparta un poco el radiador, que arde, y no contesta. Julio se queda de pie en el comedor durante algunos minutos, alargando el momento de acostarse, de cerrar los ojos, de despedirse del perro más especial del mundo. Cada noche le cuesta un poco más que la anterior. Apaga la luz del pasillo; buenas noches, Lena; buenas noches, dice esta, envuelta en la oscuridad ficticia de la gran ciudad.

Entre las sábanas, se oye a Caos roncar a lo lejos y, a los pies, Argos y Dana se remueven inquietos, acurrucándose en la cama para mascotas que comparten desde cachorros. En la calle, pasean las voces que años atrás, de niños, eran siempre magia y viejos reyes que viajaban desde Oriente y, entre estos pensamientos, Julio se duerme, mientras imagina cómo Lena lo envidia por descubrir, siempre antes, cuál el camino más rápido hacia la mañana siguiente.

De golpe, explota un ladrido junto a ellos. Y otro. Y otro más. Dana, la perra pastor, trepa la cama y cabecea, tajante. Lena se incorpora sobresaltada; Argos sube y baja por el pasillo que conduce al comedor: está corriendo.

De arriba para abajo.

Comedor.

Habitación.

Comedor.

Habitación.

Del comedor llega un grito lastimero que no se apaga. Solo flaquea y, luego, vuelve a encontrar fuerzas para otro quejido.

—¡Caos! —grita Julio, dejando que las palabras se pierdan en su carrera hasta al comedor.

Allí está Caos. Vomitando un líquido blanquecino; retorciéndose sobre sí mismo; aullando de dolor. Dana y Argos ladran, dan vueltas alrededor de su compañero, lamen su morro. Julio se echa algo de ropa encima; Lena castañetea los dientes intentando espantar un frío que solo crece en el interior. Abren la puerta principal, salen al pasaje, corren al coche aparcado en la esquina de la calle con Caos en brazos.

Julio fija los ojos en la berlina gris.

Lena fija los ojos en su perro: algo falta.

En el Ford, Julio, Lena y Caos. Fuera, la Barcelona de semáforos cómplices de Antonio María Claret hasta Balmes. Ha sido toda una aventura, ¿verdad, chicos?, les decía el perro, o parecía hacerlo, y les golpeaba con su trufa, siempre herida, para que no dejasen de acariciarle, de susurrarle tonterías, de ser eternidad.

Estacionada en el desértico carril bus frente al hospital veterinario, Lena no se decidía a bajar de la berlina.

Lo hizo Julio, Caos en los brazos.

Los vecinos quieren dormir, susurraba un cartel publicitario del ayuntamiento desde la farola: el monigote protagonista se parecía a su padre un montón.

—Llama tú, rubia, que nosotros vamos cargados.

Hizo sonar el timbre entre los aullidos lastimeros de Caos. A Lena se le quedaba el aire en el pecho, y la garganta seca, como una bola. En el cristal, solo vio un mar embravecido de azul en sus ojos. Ya dentro, fueron sus manos las que dijeron más que su rostro (frío, por no romperse). Los dedos temblaban, descontrolados, mientras su marido los apretaba intentando que respirase hondo por un instante.

En la recepción, la veterinaria de guardia mascaba chicle, (parecía) absorta en sus pensamientos, apartando los mechones castaños que le caían contra los ojos a cada rato. Le administró un calmante a Caos en la entrada; el mestizo dejó de ulular a causa del dolor.

—Vamos a hacerle una ecografía del tracto digestivo, pero todo apunta a que ha sufrido una torsión de estómago, chicos.

Lo dijo con frialdad. Lena se abrazó al perro en el suelo y le escuchó el latido arrítmico de un corazón viejo. Todo se le vino encima: las estanterías con manuales, el anticuado ordenador Intel en el que introducían las fichas de los pacientes, la camilla metálica de exploración que esperaba en el centro de la sala…

Otra chica abrió la puerta por la que la primera acababa de desaparecer. Hola, soy Mar. Vamos a hacerle la ecografía al jovenzuelo.

La chica de la bata blanca y los zuecos azules se llevó a Julio y a Caos, que se removía inquieto en los brazos de su marido, dejando caer la vista contra el suelo de linóleo gris.

Después, volvió su marido.

—Se pondrá bien —mintió Julio. —Es un perro muy fuerte y ha superado cosas peores. No se va a ir, todavía no.

Trajeron al mestizo en brazos entre las dos y lo dejaron en la camilla. Lena pensó en lo incómoda que esta debía ser. Caos miraba con ojos de gratitud.

La veterinaria carraspeó para llamar su atención:

—Está confirmado, es una torsión de estómago.

Silencio.

—Podemos intentarlo, claro, pero es muy viejo y se ve que no siempre ha tenido una buena vida.

Sonaba a insulto.

Ellos le hablaron de todo, todo lo que ese perro había soportado desde aquella carretera secundaria hasta que el colchón donde ahora dormía cerca de la Sagrada Familia quedó vacío. Julio se quitó la sudadera y se la ofreció a Lena. Ella se la puso, aun a sabiendas de que hay fríos que no hay modo alguno de combatir. Después sacó un pañuelo de papel de un bolsillo y le limpió al perro el blanco del hocico.

—¿Nos podéis dejar unos minutos?

La veterinaria y su auxiliar asintieron. Antes de que salieran de la sala, Lena preguntó:

—¿Es imposible?

—En mi profesión he visto recuperaciones sorprendentes —informó la responsable, empática—, pero el pronóstico de la cirugía es malo, y la recuperación, peor.

La pareja se abrazó a Caos. Ambos supieron, de inmediato, lo que era justo, bueno y leal con su compañero. No hizo falta hablar: eran tres cualidades de las que un perro es el mejor de los maestros, y quizá Caos, por su historia, más que ninguno.

—¿Por qué le gustarían tanto los quesitos? —preguntó Lena.

—¿Recuerdas cuando volvimos a Barcelona y tuvimos que cambiar el suelo de parqué porque se resbalaba?

—Y cuando nos íbamos en coche hasta la playa de la Barceloneta…

—O las sesiones de hidroterapia.

—Las dos veces que fuimos de vacaciones a Gerona, todos juntos.

—Todo —dijo ella, con lágrimas en los ojos.

—Todo.

Y allí quedaron, despidiéndose entre besos, y caricias, y abrazos que intentaban retener por siempre a un perro repleto de ambivalencias, un perro que se había ido y que, a la vez, siempre viviría en ellos. Allí, en el centro de la ciudad, la vida se detuvo para esa pareja; impotentes, sintiendo cómo se apagaba el ser que más especiales y afortunados les había hecho sentir y resplandeciendo juntos por una última vez. Allí quedaron, acariciándole, y peinándole las canas, y besándole, y haciendo cosas estúpidas con su cadáver, y engañándose sobre cómo ese perro había vivido mucho más de lo esperado, cuando hasta cien años no hubiesen sido suficientes.

Salieron solos, abrazados el uno al otro, y se sentaron a llorar en una acera del Ensanche mientras el amanecer más oscuro les empujó hasta casa, que fue la palabra que quedó cuando le cercenaron a hogar una fracción insustituible de su significado.

34

Cenizas en el Guinardó

Sudaban arriba, en la montaña, frente al *skyline* que regalan los búnkeres del Guinardó. Un sol de mil demonios, y Dana y Argos corrían entre las decenas y decenas de turistas que habían descubierto uno de los últimos tesoros ocultos de la ciudad. Delante, la línea de costa, y la Torre Agbar; delante Montjuic, y el Ensanche entero, y las Torres Mapfre; delante, el poco verde que Barcelona robó frente al gris.

En los brazos de Lena, una urna. En los ojos, no quedaban lágrimas. Él la abrazaba fuerte desde atrás, intentando retener en la memoria el olor de su perro, su caminar renqueante pero orgulloso, todas sus heridas y todas sus victorias, y empezando a olvidar. No cabe otra.

—¿Sabes de lo que no me olvidaré nunca?

Lena desenroscó la tapa.

—Estaba convencido de que le salvábamos nosotros.

—Pero fue él quien nos salvó.

Qué alto volaron las cenizas.

Epílogo

No recuerdo cuándo fue, pero, un día, cuando releí el manuscrito de esta novela, Julio y Lena pudieron volver a ser Javier y Laura.

Ya no dolía tanto.

Un día, Javier y Laura tomaron caminos distintos. Como ocurre con estas cosas, primero, los tomaron y, más tarde, se dieron cuenta de lo que había sucedido. A veces, el amor se agota, cambia, es imposible; hay a quien la vida le empuja en otra dirección sin advertirlo, o puede que ocurra todo lo contrario, y esa persona escape, como una exhalación, de quien, una vez, lo fue todo.

¿Cómo suceden estas tragedias? Nadie lo sabe y, lo que todavía es peor, tras un tiempo, a nadie le importa; solo sé que llega un día en el que todo lo que uno siente es un pequeño nudo en la garganta por lo que pudo ser.

Cuando Caos murió, todo empezó a cambiar. Tras el adiós al mestizo, vendrían nuevos perros, nuevas casas, otras personas y, de algún modo, como siempre ocurre, lo que una vez los unió, los separó en la siguiente etapa.

Por favor, no romanticéis las relaciones tóxicas como la de Julio y Lena (la que tuvimos mi exmujer y yo y que, en parte, inspiró esta novela): es lo último que yo querría con un texto al que he amado tanto y que es tan importante en mi vida. Sobre todo, no creáis que no hay opción, ni viváis las cosas con conformismo, como si solo pudiesen ser de un modo. Tampoco os traguéis ese cuento de la media naranja: ahí empieza la dependencia emocional, donde te pierdes a ti mismo intentando retener a otra persona.

Nadie es de nadie, nadie merece vivir con ansiedad, ira, miedo o depresión. La solución nunca llega de las drogas, el alcohol ni las dinámicas tóxicas: la solución está dentro de ti, aunque suene a cursilada. Los perros son los seres más especiales con los que compartiremos nuestras vidas, pero ni ellos pueden curarlo todo.

Si no estás bien, solo o sola, en pareja, en el colegio, con tu familia, busca ayuda: ve a terapia, apóyate en tu círculo próximo.

Quiero acabar diciendo que no existen palabras mágicas que salven a dos personas que ya no saben estar juntas. No obstante, aquí lo único que importa es lo que, una vez, Javier le dijo a Laura. Y Javier le dijo a Laura que llegaría el momento en el que su historia sería la historia de muchos, y que estaba seguro de que les sobreviviría a ambos.

La esencia de Caos permanece en los dos, y en todos los que conocieron a aquel perro moribundo; ahora, también en ti. Gracias.

Triste consuelo.

No era el final que esperabas, ¿verdad?

Tampoco yo.

Pero un final también puede ser un nuevo comienzo.

Yo lo aprendí de la peor de las maneras, pero eso es otra historia... Quizá también se convierta en una novela.

Casi siempre la vida es buena, para quienes saben vivirla.

Consolémonos, así.

Agradecimientos

A mi madre, Carmen, por contagiarme su pasión por la lectura y animarme siempre a escribir.

A mi padre, José Antonio, por trasladarme lecciones que, entonces, no podía entender. Siento que te fueras tan pronto.

A María, por apoyarme en este proyecto y en otros muchos.

A mis amigos y mis amigas, que siempre me han ayudado en los buenos y en los malos momentos.

A Carlos y Olga, por aquella primera gran oportunidad.

A Laura, aunque ya no camine conmigo.

A los verdaderos Pedro y Margarita, por tratarme como a un hijo.

A todos los amigos y conocidos que aprecian lo que hago y entienden que una novela de autoficción juega con la verdad: no, no busquéis parecidos con la realidad, por favor.

A mi profesor de novela, Carles Luria, y a mis compañeros en el Laboratori de Lletres: Enric, Toni, Bea, Jordi, Jordi y Ditas.

A todos los lectores del blog y a las miles y miles de personas que compartieron y creyeron en esta historia cuando apareció en prensa.

A mi pie derecho, por frenar a tiempo.

Al pueblo de Caimari.

Javier Ruiz Fernández nació el 8 de marzo de 1986 en la Barcelona preolímpica y, poco después, se comió una caja de cerillas. Ese empirismo en estado puro le llevó, entre otras cosas, a estudiar Filosofía en la Universidad de Barcelona y Humanidades en la Universidad Pompeu Fabra y, a posteriori, a fundar su propia agencia de *marketing* y publicidad.

Actualmente, trabaja como redactor web y educador canino e intenta reservar tiempo suficiente para escribir, pasear con sus perros, disfrutar de los suyos y seguir aprendiendo sobre etología y comportamiento animal.